미스터리 철학 클럽

미스터리 철학 클럽

로버트 그랜트 글　강나은 옮김　안광복 추천

소설로 읽는
특별한 철학 수업

비룡소

엄마, 아빠, 스티븐, 앤드루에게

차례

평생직장
보장학교

─────────

달콤한 말솜씨와 사악한 마음으로
군중을 설득하면
국가에 커다란 불행이 닥친다.
― 에우리피데스

─────────

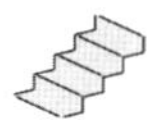

마일로 몰로니는 아빠가 차를 끼익 세우자마자 뒷좌석에서 허겁지겁 내렸다. 시간이 아슬아슬해서 자칫하면 입학식에 늦을 것 같았다. 제발 그런 일은 없기를. 안절부절못해 얼굴이 붉어진 엄마까지 차에서 내린 후, 마일로네 세 가족은 학교를 향해 걷기 시작했다. 멀리서 들리는 입학식 날 특유의 떠들썩한 소리가 조금씩 가까워졌다.

학교 정문에 도착한 세 사람을 공처럼 둥근 드론이 맞이했다. 마치 둥근 미니 헬리콥터처럼 하강해서 마일로 가족과 나란한 높이에 떴을 때, 드론에서 이런 말이 흘러나왔다.

"어서 오세요, 마일로 가족 여러분. 신입생 교육이 3분 후에 시작됩니다. 늦지 말고 참석하세요."

아빠는 감탄했다.

“이야, 멋지네.”

마일로의 가족은 뛰고 싶지만 감히 뛰지 못하는 듯, 빠른 걸음으로 크고 넓은 가로수 길을 걸어 나갔다.

“으이구, 이 녀석아.”

엄마가 마일로를 따라잡으며 말했다. 마일로는 한 손으로 셔츠를 바지춤에 주섬주섬 넣고, 다른 손으로는 넥타이를 바로잡으며 허둥지둥 걷고 있었다. 책가방은 한쪽 어깨에 걸치고, 깨끗한 새 교복 재킷은 축 처진 동물 꼬리처럼 늘어뜨린 채였다.

“너 진짜 꼴이 그게 뭐야! 이리 와, 손봐줄 테니까!”

“나 멀쩡해!”

마일로는 바지를 추켜올리며 말했다. 엄마는 엄지손가락에 침을 발라서 마일로의 부스스한 갈색 머리카락을 가라앉히며 덧붙였다.

“그리고 재킷 좀 입어!”

세 사람은 지금 아일랜드에서 가장 유명하고 평가 순위가 높으며, 가장 호화로운 학교를 향하고 있었다. 이름하여 ‘평생 직장 보장학교’. 미래지향적 첨단기술을 적용한 학교 건물뿐 아니라 더없이 훌륭한 졸업생들로 세계적 명성을 떨치는, 아일랜드 전 국민의 자부심이자 기쁨이었다. 이 학교는 거의 신화다.

관광객들은 그 유명한 학교의 마크 앞에서 사진을 찍었다. 세계의 저명한 지도자들은 이 학교 강당에서 회의를 열었다. 유명 영화감독들은 이 학교에서 영화를 찍었다. 이 지역 주민들은 일요일이면 학교 교정을 구경하러 드라이브를 하고, 학교 안 가게에서 기념품을 사 갔다.

그런데 그런 학교에, 어리고 단정치 않고 산만한 마일로 몰로니가 신통하게도 합격한 것이다. 머리가 좋은 편이라는 것 정도는 자신도 부모도 알고 있었지만, 이 학교의 입학시험에 합격할 만큼 집중을 해냈다는 것이 놀라웠다.

큰길을 거의 다 올라갔을 때 마일로 가족은 힘껏 달리기 시작했다. 길 양쪽에 펼쳐진 너른 잔디밭은 마치 조그만 가위로 잎을 하나하나 다듬기라도 한 듯, 카펫처럼 매끈해 보였다.

"재킷 좀 입으라니까!"

엄마가 또 다그치자 마일로는 대꾸했다.

"덥단 말이야."

엄마는 재킷을 끌어 올려 마일로의 어깨에 걸치며 일렀다.

"이럴 땐 말 좀 들어. 지금은 너하고 다툴 힘도 없어."

이미 마일로와 엄마는 아침에 실컷 말다툼을 하고 왔다. 아침밥 메뉴를 두고, 매일 하는 샤워를 두고, 눈을 감아도 세상이 그대로일까를 두고 말이다.

그때, 세계적으로 유명한 전경이 마치 상상 속 먼 미래의 모습처럼 마일로 가족의 눈앞에 나타났다. 워터퍼드시 서부의 굽이굽이 펼쳐진 언덕들 사이에 커다랗고 하얀 직사각형 건물이 다섯 채 서있고, 매끈하게 굽은 유리 통로를 통해 가운데의 높은 건물 한 채와 이어져 있었다. 아일랜드의 중등학교(한국의 중학교와 고등학교 기간에 해당하는 6년제 학교-옮긴이)라기보다는 은하의 우주정거장처럼 보였다. 작은 부분 하나하나 새로 지은 듯 깨끗해 보이면서도 또 늘 그 자리에 있어 온 학교 같았다. 마치 이 학교가 먼저 생겨났고, 주변의 언덕들은 학교의 배경이 되기 위해 나중에 만들어진 것처럼 말이다.

마일로는 학교 지붕에서 뻗어 나오는 색색의 레이저 불빛이 외계 생명체를 찾듯 이리저리 움직이는 모습을 올려다보았다. 작고 둥근 드론 몇 대가 '신입생을 환영합니다!'라고 적힌 판을 달고는 마치 로봇 벌처럼 머리 위를 윙윙 날아다니다가, 이따금 그 유명한 학교 명판 아래에 가족들을 세우고 사진을 찍었다. 마일로 가족도 뛰던 발걸음을 잠시 멈추고, 선명한 파란 글씨로 새겨진 학교 이름과 슬로건 앞에 섰다.

평생직장 보장학교
교육은 효율적이어야 한다.

세 사람은 학교 마크를 올려다보았다. 뜻깊은 순간이었다. 마일로 가족은 넉넉한 형편이 아니었지만 마일로가 이 학교에 합격했으니 모든 게 달라진 셈이었다. 마일로의 미래가 가능성으로 가득해졌다. 마일로는 정말 잘해봐야겠다고 생각했다. 무언가를 이토록 굳게 마음먹어 본 건 태어나 처음이었다.

마일로 가족이 서둘러 중앙 출입문으로 뛰어들었다. 로비에는 6학년 졸업반 학생들이 빽빽하게 반원 대형을 이룬 채 동상처럼 가만히 서있었다. 이들은 깨끗하기 그지없는 회색 교복을 입었고, 표정은 진지하고 자세는 마치 화살처럼 꼿꼿했다. 교복에서 은은히 빛나는 초록색 학교 마크를 보니, 이들이 바로 아일랜드의 영웅이라고들 하는 '무결점 학생'들인 모양이었다. 이들이 얼마나 똑똑하고 총명하고 능력 있는 학생들인지를 마일로도 귀에 딱지가 앉도록 많이 들었다.

갑자기 이 무결점 학생들이 마일로에게로 곧장 걸어왔다. 순간, 마일로는 불안해졌다. 그들의 눈빛 때문이다. 다들 마일로 쪽을 보고 있기는 한데, 딱히 마일로를 보는 것은 아니었다. 그 학생들의 시선은 마일로를 그저 '통과'하는 것 같았다.

무결점 학생들이 마일로의 코앞에서 우뚝 멈추어 서더니 말했다.

"마일로 몰로니의 부모님, 평생직장 보장학교에 오신 것을 환영합니다. 이렇게 큰일을 해내신 것을 축하드립니다."

그러고는 마일로를 내려다보면서 꼭 한 사람이 하듯 한목소리로 말했다.

"환영한다, 마일로. 오늘은 네 남은 생의 첫 번째 날이야. 세상에서 가장 훌륭한 학교에 입학하게 된 것을 축하한다."

무결점 학생들은 거수경례를 하고 물러섰고, 마일로를 쳐다보는 것이 아니라 마일로 쪽을 쳐다보았다. 마치 마일로가 투명 인간인 것처럼.

엄마는 마일로에게 속삭였다.

"아이고, 어쩜 이렇게 교육을 잘 받았을까. 가까이서 보니까 정말 대단하다."

아빠는 마일로를 슬며시 건드리며 말했다.

"봐라, 교복은 저렇게 입어야 하는 거야."

마일로는 고개를 끄덕이며 지워지지 않는 불안한 마음으로 그 학생들과 눈을 마주치려 애써보았다.

"저게 몇 년 후 네 모습일 거다."

아빠의 말에 마일로는 대답했다.

"응, 아마도."

그때 무결점 학생 한 명이 말했다.

"이제 앞으로 갑니다."

무결점 학생들이 가운데 건물의 커다랗고 동그란 로비로 앞장서 걸어갔다. 그 로비의 가장자리를 둘러싼 발코니를 층층이 따라서 올려다보면 맨 꼭대기에 유리 천장이 있고 그 너머로 맑고 파란 하늘이 보였다.

근처에서 날던 드론에서 불이 번쩍거렸다. 거기에서 생체 기능 측정이 가능한 스마트 스트랩이 나오더니 일인당 하나씩 모두의 손목에 저절로 채워졌다. 스마트 스트랩에는 신입생 각자의 사진이 있었고, 빨간색 글씨가 깜빡거렸다.

'강당으로 가십시오.'

엄마가 말했다.

"세상에, 마일로. 이 학교는 모든 걸 다 미리 생각해 둔 거야! 강당은 어디지?"

그때 목소리가 들렸다.

"난간을 잡으십시오."

마일로 가족이 깜짝 놀라고 휘청한 것은 바닥이 움직이기 시작했기 때문이다. 공항에 있는 것과 비슷한 무빙워크가 발밑에 설치되어 있었다. 한 가지 다른 점이라면 바닥과 무빙워크가 아예 하나라는 것이었다.

로비 바닥이 어느새 공중으로 올라가기 시작했다. 로비를 동그랗게 둘러싼 발코니들을 지나치며 바닥이 그대로 하늘로 솟아올랐다.

마일로는 웃으며 말했다.

"이제부터 나는 계단으로 안 다닐래."

4층에 다다르자 은빛으로 반짝거리는 거대한 유리 장식장이 보였고, 그 안에 트로피와 메달이 줄지어 있었다.

마일로가 감탄하여 내뱉었다.

"상이 진짜 많네!"

커다란 스크린 역할을 하는 벽에는 학교의 업적을 보여주는 영상과 사진, 글귀들이 보였다.

세계 우수 학교 평가 - 세계 2위
과학기술 분야 우수 학교 평가 - 4년 연속 아일랜드 1위

그다음으로는 학교의 슬로건들이 떴다.

교육은 효율적이어야 한다.
규율, 순응, 희생
너희의 잠재력을 끌어내라!

"아아, 마일로, 우리는 네가 정말 자랑스럽다. 우리 아들이

이 학교에 다니다니."

엄마가 말했다. 아빠는 안경 너머로 마일로를 내려다보며 물었다.

"그게 무슨 뜻인지 알지, 마일로?"

"응. 내 미래가 탄탄대로라는 뜻이잖아."

마일로는 이미 백 번쯤 한 대답을 되풀이했다.

"그래, 지금처럼 어려운 시절에 이게 얼마나 고마운 기회인지 모른다."

합격한 후 마일로는 이런 말을 수도 없이 들었다. 네가 자랑스럽다, 이것이 얼마나 대단한 기회인지 모른다. 그런데 그런 말을 들을 때마다 가슴이 조금 조이는 것 같았다. 이 기회를 망치면 어떡하지? 이곳 학비가 어마어마하게 비싸다는 걸 마일로도 알았다.

강당 입구에 다다르자 무빙워크가 부드럽게 멈추었다. 마치 우주왕복선에서 내리는 것 같은 기분을 느끼며 마일로는 무빙워크에서 내려섰다.

강당은 마치 콘서트장 같았다. 푹신한 빨간 의자 수백 개가 커다랗고 텅 빈 무대를 향해 여러 줄로 둥그렇게 놓여 있었다. 스포트라이트가 이리저리 움직이며 강당 안을 비추었고, 쿵쿵거리는 음악 속에서 사람들이 설레는 기색으로 대화를 나누고 있었다. 스마트 스트랩은 각자가 앉아야 할 자리로 안내했다.

마일로네 가족이 자리에 앉았을 때, 아주 이상한 것이 느껴졌다. 의자가 마치 마사지 의자처럼 움직여서 몸을 감쌌다. 아빠는 놀라며 말했다.

"대단하다! 이것도 분명 스타이폴사에서 만든 스마트 의자일 거야."

마일로는 주위를 두리번거렸다. 함께 이 학교에 입학한 절친한 두 친구 케이티와 세라 루이스를 찾아서 말이다.

마침내 몇 줄 뒤에 있는 친구들을 찾았지만 그 아이들은 마일로를 보지 못했다. 마일로는 눈길을 끌려고 스마트 의자에서 일어나 광대처럼 두 팔을 휘저었다.

마일로가 친구들의 이름을 외치려 하자 마일로가 앉아 있던 의자가 진동하고, 스마트 스트랩에서 윙 소리가 나며 약한 전기충격이 왔다. 어느새 마일로 옆에 무결점 학생 한 명이 와서 서더니 마일로의 팔을 붙잡아 거세게 자리에 앉혔다.

"자리에서 일어나면 안 돼."

무결점 학생은 높낮이 하나 없는 말투로 말했다. 그의 두 눈동자가 검었다. 화가 난 눈빛인지 그저 텅 빈 눈빛인지 마일로는 알 수 없었다.

마일로는 너무나 부끄럽고 화가 났다. 엄마 아빠를 슬쩍 보니, 민망하고도 못마땅한 표정으로 고개를 절레절레 젓고 있었다. 마일로는 무결점 학생이 꽉 잡았던 팔뚝을 문질렀다. 아직도 아팠다.

그때 강당 조명이 어두워지더니 음악이 바뀌고 무대에는 스모크가 밀려들었다. 마일로는 계속 팔을 문지르면서 다시 등받이에 기대앉을 수밖에 없었다.

강당 안이 고요해졌다.

"여러분, 평생직장 보장학교의 교장이자 아일랜드 역사상 최고의 교육자이신 피네거스 퍼멀크러시 박사를 환영해 주십시오!"

아주 커다란 박수가 터지고, 교장 퍼멀크러시 박사가 무대로 성큼성큼 나왔다. 그는 아일랜드에서 대단한 인물이었다. 성자이자 지식인이기도 하고 연예인 같은 인기인이기도 했다. 사람들은 그의 카리스마와 날카로운 지성을 사랑했다. 키가 크고 마른 체격에 머리가 조금 벗어진 이 남자는, 자세는 조금 구부정해도 걸음걸이가 독특하게 경쾌해서 아주 정정해 보였다. 얇은 줄무늬가 있는 그의 남색 정장은 아주 말끔했다.

무대 중앙에 다다른 교장은 미소를 지었고, 뼈가 도드라지는 커다란 두 손을 올려 객석의 학생과 학부모들에게 조용히 해달라고 신호했다.

"우리 학교에 오신 것을 환영합니다, 여러분."

낮고 굵직한 목소리에 매력적인 말투로 그가 외쳤다. 마일로의 엄마 아빠는 경이로움에 차서 무대를 바라보았다.

"학부모와 후원자 여러분, 진심으로 축하드립니다! 여러분은 해내셨습니다! 여러분의 아이는 이제 돈으로 살 수 있는 가장 높은 수준의 교육을 받게 되었으니, 앞으로 아이의 삶은 탄탄대로일 것입니다."

부모들이 크게 손뼉 치고 환호했다.

마일로는 엄마 아빠가 행복해하는 모습을 보니 미소가 나왔다. 하지만 이런 생각도 들었다. 왜 교장은 부모들에게 축하를 하는 걸까? 공부를 해서 입학시험을 치른 것은 부모들이 아닌데.

교장은 관중들을 쥐락펴락하는 연설을 이어갔다.

"오늘 여러분은 이 엘리트 집단, 아무나 들어올 수 없는 집단에 들어오게 되었습니다. 이곳은 오로지 승자들만의 장소입니다! 우리 학교의 교육 방식이 보편적이지 않은 것은 사실입니다만, 바로 그 점 덕분에 자랑스러운 우리 학교는 성공의 상징, 탁월함의 상징이 되었습니다!"

교장은 무대 위를 걷기 시작했다.

"아일랜드에서 세계적으로 우수한 중등학교가 나온 건 역사상 처음입니다. 세계 우수 학교 평가에서 자랑스럽게도 2위를 차지한 것입니다. 전 세계의 수없이 많은 학교 가운데서 당당히 이등! 그런데 말입니다, 우리가 이것으로 만족할까요?”

교장은 이렇게 묻고는 한 손을 귀에 댔다. 그러자 사람들이 크게 외쳤다.

“아니요!”

“그렇지요. 우리는 일등이 될 때까지는 결코 만족하지 않을 것입니다. 그리고 제가 품고 있는 계획이 성공한다면…….”

교장은 검지로 자신의 머리를 두드리며 말했다.

“내년 이맘때, 우리는 세계 일등 학교가 되어 있을 것입니다!”

커다란 음악이 폭발하듯 흘러나왔고 이 학교에서의 생활을 보여주는 이미지들이 무대 뒤 커다란 화면에 비쳤다. 강당은 아찔한 설렘과 기대로 술렁였다. 마일로는 역사적인 순간 속에 들어와 있다는 느낌이 들었고, 앞서 품었던 의심은 싹 잊었다.

그때 무결점 학생들이 군인처럼 정확하게 맞춘 동작으로 무대 위로 행진해 나오더니, 한 명씩 앞으로 나서며 말했다.

“우리 학교는 졸업시험에서 96퍼센트의 합격률을 자랑합니다.”

“우리 학교는 모든 쓰레기를 3퍼센트 이하로 줄였습니다.”

“우리 학교는 올해 말까지 세계 최고의 학교가 되어 있을 것입니다.”

각각의 선언이 끝날 때마다 사람들은 거의 광란에 가까운 환호성을 터뜨렸다.

교장은 말했다.

“이 아이들을 잘 보아주십시오. 우리 학교의 무결점 학생들이자, 저의 ‘모범교육생’들입니다. 이 훌륭한 학생들이 올해의 시험에서 아일랜드를 대표할 것입니다. 우리가 세계 일등 학교가 되는 길이 이들의 손에 달려 있습니다. 자, 우리 모범교육생들에게 박수를 보내주십시오!”

객석에서 마치 전장에 내보내는 전사들을 향하는 것 같은 함성이 터졌다. 무결점 학생들은 동시에 똑같이 허리 숙여 인사하고는 무대에서 내려갔다.

수많은 사람들이 그들을 향해 소리치고 박수 치는 모습을 보니, 마일로는 언젠가 자신도 이런 환호를 받고 싶다는 생각이 들었다.

“우리 학교의 교육은 현실에 직접 도움이 되는 과목들에 초점을 맞춥니다.”

교장은 좀 더 중대함을 강조하듯이 이어 말했다.

"그 모든 것은 바로 우리의 획기적인 '개인별 디지털 데이터베이스Digitally Unique Personalised Education Database' 덕분에 가능합니다. 이것을 간단하게는 '두페드DUPED'라고 부르지요. 두페드는 각 학생의 스마트워치에 연결되어 월화수목금토일, 24시간 내내 실시간으로 학생의 반응을 분석하는 아주 똑똑한 기술입니다. 학생들이 성공하기 위해 무엇이 필요한지를 시시각각 면밀하게 추적하고 측정하는 장치이지요."

관중들은 교장이 내뱉은 복잡하고 그럴싸한 표현 하나하나를 고스란히 받아들였다.

"자, 친애하는 학부모와 후원자 여러분, 지금부터 제가 감히 경고 한 말씀을 드리겠습니다."

교장은 걸음을 늦추었고, 말투도 좀 더 심각하고 진지하게 바꾸었다.

"성공은 쉽게 얻어지는 것이 아닙니다. 그러니 앞으로 어떤 상황이 오더라도 저희를 전적으로 신뢰해 주기를 부탁드립니다. 저희를 믿으십시오. '저를' 믿으십시오."

"믿습니다!"

군중 속 누군가가 소리쳤고 뒤이어 "옳소, 옳소!" 하는 외침과 웃음소리가 여기저기 번졌다.

"앞으로 여러분의 아이들은 이상한 불평을 할지도 모릅니다. 학교가 너무 지독하다고, 너무 힘들다고 말입니다. 그러면 안쓰럽다는 생각이 드실 수도 있지요. 하지만 거기에 넘어가지 마십시오! 숫자는 거짓말을 하지 않습니다. 지난 10년간 졸업률 96퍼센트, 취업률 100퍼센트라는 결과가 모든 것을 말해 줍니다. 여러분의 아이들은 결국에 이 학교에 적응할 것입니다. 하지만 그러기 위해서는 우리 학교 시스템의 지시를 완전히 따라야 합니다.”

엄마 아빠가 마일로에게 ‘너 알아들었지.’ 하고 눈빛으로 경고했다. 마일로는 억울했다. 불평을 한 적도 없었으니 말이다. 다만 마일로는 시키는 대로만 해야 하는 ‘이유’를 알고 싶었다. 그게 그렇게 큰 바람일까.

“자, 이제 자랑스러운 학부모, 후원자 여러분들께서는 우리의 어린 학자들과 작별을 하시기 바랍니다. 그리고 나가면서 꼭 교내 상점에 들러 모두에게 무료로 주는 환영의 선물을 받아 가시기 바랍니다. 우리 학교의 벗, 스타이플사 덕분에 마련한 선물입니다. 그 속에 두페드, 즉 개인별 디지털 데이터베이스를 수신하는 최신 장치도 포함되어 있으니, 그것으로 아이들의 품행, 건강, 성적 업데이트를 받아보시기 바랍니다.”

마지막 환호와 박수갈채가 터졌다. 교장은 성자 같은 미소를 지어 보였고, 클립보드를 든 이상한 차림의 여자가 교장의 귓가에 무언가를 속삭였다.

아빠는 손을 들어 마일로에게 인사했다.

"마일로, 우리는 널 믿는다. 항상 최선을 다한다면 별 탈 없을 거다. 알겠지?"

아빠의 목소리가 감정을 가득 싣고 떨렸다. 엄마는 마일로를 따뜻하게 꼬옥 안아주었다.

그때 교장의 말이 들려왔다.

"그리고 학생들, 너희도 잊지 않았으니 걱정하지 말도록 해라. 너희의 의자 바로 밑에 신입생용 두페드 기기를 포함한 선물이 있으니까."

부모들이 떠난 다음, 아이들은 스타이플사와 학교의 마크가 있는 매끈한 흰 상자를 뜯었다. 새 스마트워치, 터치스크린이 장착된 태블릿피시, 가상현실 헤드셋, 학교 마크가 찍힌 티셔츠와 운동화, 모자와 머그잔이 나왔다.

마일로는 두페드 스마트워치를 차려고 스마트 스트랩을 벗었다. 두페드 스마트워치는 마일로의 가는 손목에 자동으로 채워지더니 마일로가 입은 교복과 동기화가 되었다. 학교 마크가 노란색으로 빛나고 워치에서 삑 소리가 났다. '마일로 몰로니, 학생 번호 8728473'이라는 글자가 뜨고, 뒤이어 여러 개의 그래프와 표가 떴다.

새 스마트워치를 보며 마일로는 씨익 웃었다. 이제 진정으
로 이 학교 시스템과 하나가 된 것이다.

질문은 금지한다!

맹목적인 순종을 요구할 때
인간의 모든 신성한 권리가 침해된다.
— 메리 울스턴크래프트

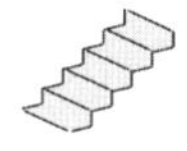

몇 줄 뒤에서 마일로를 부르는 소리가 들려 돌아보니 케이티였다. 마일로는 케이티에게 달려갔다.

길고 곱슬곱슬한 머리카락, 장난기 가득한 미소, 쾌활하고 느긋한 태도를 지닌 케이티는 자리에서 일어나 마일로와 포옹했다.

"이 학교가 어쩌다 너 같은 애를 받아줬대?"

케이티가 묻자 마일로는 이렇게 받아쳤다.

"나도 너한테 똑같은 질문 하려고 했는데. 동물원에서는 너를 안 받아줬나 보다?"

"아이고, 우습기도 해라."

케이티는 소리 내어 웃더니 장난스럽게 제자리에서 한 바퀴를 돌았다. 케이티와 마일로는 오랜 이웃이자 절친한 친구 사이였다.

"세라 루이스!"

스마트워치를 골똘히 살펴보는 세라 루이스를 향해 마일로가 소리쳤다. 테가 두꺼운 안경을 쓴 세라 루이스는 고개를 들어 마일로를 보더니, 하나로 묶어 올린 긴 머리를 더 단단히 묶으면서 작은 목소리로 대답했다.

"어, 안녕, 마일로! 여기서 보니 반갑다. 이 학교, 기술이 정말 대단하네!"

"그러게. 두페드 스마트워치 진짜 멋져. 넌 스마트워치에다 뭘 하고 있었어?"

"그냥 내 정보를 업데이트했어. 그래야 좀 더 정확하게 보고하지. 이 워치로 녹음이랑 영상 녹화도 가능한 거 알아?"

"이야, 벌써 그런 걸 다 하고. 너답다."

마일로는 고개를 절레절레 젓고는 물었다.

"여름방학(아일랜드에서 새 학년은 가을에 시작됨.-편집자)은 어땠어? 너 한참 만에 본다."

"좋았어. 그냥 책을 많이 읽었어. 새 학기 준비하느라고."

그 말에 마일로와 케이티는 눈빛을 교환했다. 세라 루이스는 스스로를 변호하듯 물었다.

"왜, 그게 뭐가 어때서? 만만치 않은 새 학기를 보낼 거니까 그랬지."

재앙 같았던 캠핑, 스페인 교환학생 경험, 아일랜드 대학 견학, 마일로의 나무 추락 사건 등등 각자의 여름방학 이야기를 나누기 시작했을 때, 조명이 또 한층 어두워져 셋은 고개를 들었다.

무대 위에 서있던 이 학교의 교장, 퍼멀크러시 박사에게 스포트라이트가 비쳤다. 그런데 조명 때문인지 좀 다른 사람처럼 보였다. 아니, 강당 전체가 좀 다르게 느껴졌다. 마치 빛보다 그림자가 더 뚜렷해진 것처럼 말이다. 교장의 진한 그림자가 무대 뒤 벽에 커다랗게 비쳐, 마치 수많은 학생을 내려다보는 사악한 검은 존재처럼 보였다.

교장은 가만히 서서 강당을 둘러보았다. 갑자기 서늘한 바람 한 줄기가 강당에 불어든 것만 같았다. 조금 전까지의 설레던 분위기는 사라지고 없었다.

"모두 제자리로 돌아가라."

교장이 차분하게 말했다. 그런데 목소리가 달랐다. 조금 전까지 있던 따뜻함이 빠져나간, 딱딱하고 심각하기만 한 목소리였다. 자유롭게 친구들과 이야기를 나누던 많은 아이들이 제자리로 돌아갔다.

마일로는 입가에서 미소가 가시기도 전에 두 눈썹이 찌푸

려졌다.

"자, 이제 우리끼리만 남았으니 너희 '아이들'은 내 말을 잘 들어라."

교장의 목소리는 조용하고 일정했다.

"나는 딱 한 번만 설명할 거고, 너희는 반드시 그 설명을 이해해야 한다. 이해하는가 못하는가에 이 학교에서의 앞날이, 그리고 인생이 달려 있다."

마일로는 강당 가장자리에 아까보다 몇 배나 많은 모범교육생들이 있는 것을 눈치챘다. 그들은 양팔을 뒤로 한 채 아무 표정 없이 강당 안쪽을 보며 서있었다.

교장은 업신여기는 마음을 다 숨기지 못한 눈빛으로 학생들을 바라보았다. 검버섯이 핀 두피 위 얼마 남지 않은 머리카락을 무사마귀 덮인 손으로 자꾸 쓸어 넘기며, 꼿꼿이 서있었다.

마일로의 가슴에 아까의 불안한 기분이 다시 스몄다. 고개를 돌려 케이티와 눈을 마주치려 해보았지만 케이티는 평소처럼 몽상에 빠진 표정으로 멍했다. 세라 루이스는 필기를 하면서 무대를 열심히 쳐다보고 있었다.

교장의 목소리는 차분하면서도 으스스했다.

"이제부터 너희는 자신을 개인이라고 생각해서는 안 된다. 학교는 학교고 나는 나라고 여겨서는 안 된다는 말이다. 출석

하고 수업을 듣고 시험을 통과하는 것만으로는 이 학교를 잘 다닐 수 없다. 그것보다 훨씬 더 철저하게 이 학교 시스템에 따라야 한다."

마일로는 이 말을 어떻게 받아들여야 할지 알 수가 없었다. 교장이 재치 있게 말을 반전시킬 거라고도 기대해 봤지만, 그런 일은 일어나지 않았다.

"학교를 하나의 커다란 유기체로 생각해라. 너희는 이제 그 유기체의 일부다. 학교라는 유기체의 혈관을 흐르는 혈액이다. 이곳에서 시간을 보내는 동안 그 혈관을 아무 문제 없이 흐르려면 숙명을 받아들이고 모든 것을 학교에 맡겨야 한다."

교장이 이 말을 마치는 순간 모범교육생들이 오른발을 굴렀다. 거대한 쿵 소리와 함께 바닥이 진동해서 마일로를 포함한 객석 아이들의 배 속까지 떨렸다. 그와 거의 동시에 의자가 저절로 움직여 학생들의 허리를 빳빳이 세워 놓았다.

"그렇게 해야만 이 학교에서 잘해나갈 수 있다. 그리고 이 학교에서 잘해야만 진짜 세상에서도 무사히 살아남을 가능성이 있다. 이 학교의 시스템에 완전히 복종해라."

"복종해라!"

모범교육생들은 이 말을 구호처럼 한목소리로 외치고는 또 한 번 발을 굴렀다.

마일로는 겁이 났다. 고개를 돌려 보니 친구들을 포함한 객석의 아이들 역시 당황하고 두려워하고 있었다.

"그러지 않으면 진짜 세상에서 살아남을 수 없을 것이 너무나 뻔하다. 나에게는 엉망이고 말 안 듣고 버릇없는 녀석들을 탈바꿈시켜서, 이 사회에 잘 소속되는 품행 바른 인간으로 만들 수 있는 능력이 있다. 바로 그래서, 내가 너희를 관리하게 된 것이다."

교장의 목소리는 더욱 위협적으로 변했다.

"멍청해서 이해가 안 되는 녀석들을 위해서 누구나 알아들을 수 있도록 다시 말해주겠다. 앞으로 무엇이든 시키는 대로 하라는 소리다. 내가 시키는 대로, 이 학교 시스템이 시키는 대로 말이다. 의문을 품지 마라. '그 어떤' 질문도 하지 마라. 아주 간단하다."

마일로는 밝고 희망적이던 아이들의 눈빛이 걱정으로 흐려지는 것을 보았다. 마일로와 같은 초등학교를 나온 쌍둥이 제리와 리엄은 힘이 세고 운동을 잘하고 축구를 할 때 거침없는 플레이로 유명한 아이들이었지만, 지금은 움츠러들어 스마트 의자에 붙어버린 것처럼 보였다.

이제 교장은 마치 목사처럼 두 주먹을 꽉 쥐고 눈을 감았다.

"복종하는 것을 약한 것이라고 생각하지 마라. 아니다. 그

것은 자유로워지는 것이다. 무엇이든 스스로 결정해야 하는 책임에서 자유로워지는 것이다. 이 시스템에 복종함으로써 너희는 많은 것을 얻게 될 것이다."

교장이 미소를 지었다. 마일로가 살면서 본 중에 가장 소름 끼치는 미소였다.

"부모와 후원자를 생각해라. 그들이 너희를 위해서 한 희생을 생각해라. 너희는 진정 역사의 일부가 될 기회를 얻었다. 그러니까 그 기회를 낭비하지 마라."

차갑고 매서운 눈빛으로 아이들을 쳐다보던 교장이 천천히 미치광이 같은 미소를 지었다. 그러다 갑자기 그 미소를 싹 거두고 이렇게 말했다.

"이제 나가라."

모범교육생들이 곧장 학생들을 강당 밖으로 몰아내기 시작했다. 두페드 워치에서 소리가 나더니 의자가 원래 상태로 돌아가 아이들의 몸을 놓아주었다. 정말로 학교가 하나의 살아 있는 유기체이고, 모든 부분이 하나의 영혼으로 연결된 것만 같았다.

스마트워치에서 곧 수업이 시작된다는 안내가 나왔다.

마일로가 강당을 나가며 쳐다보니, 케이티와 세라 루이스가 조금 전 받은 선물을 학교 책가방에 넣고 있었다.

"방금 도대체 무슨 일이 있었던 거지?"

친구들과 함께 무빙워크에 서서 마일로가 물었다. 그러자 세라 루이스는 주위를 살피며 속삭였다.

"쉿, 목소리 낮춰. 그나저나 줄리아 콘런도 이 학교에 입학했더라. 봤어?"

케이티가 대답했다.

"응, 봤어. 걔는 이 학교 올 만하지. 꽤 똑똑하잖아. 그런데 방금 강당에서 진짜 좀 소름 끼쳤어. 안 그래?"

"완전 소름 끼쳤어!"

마일로의 목소리가 꽤 컸다. 세라 루이스는 다시 마일로를 조용히 시켰다.

"쉬잇."

"너는 쉬잇 좀 그만해라! 조용히 할 테니까 대신 '정보 전송 센터'가 뭔지 알려줘."

마일로가 제 스마트워치에 뜬 설명을 보면서 말했다. 세라 루이스는 이제 조금 목소리를 키워 답했다.

"이 학교에서는 교실을 정보 전송 센터라고 불러."

"알았어. 그리고 네 성적이 줄리아 콘런의 성적보다 좋을 테니까 걱정하지 마."

"누가 성적이 걱정이래?"

세라 루이스는 발끈했고, 케이티는 다시 강당 이야기를 꺼냈다.

"아까 교장선생님 말이야, 분위기가 너무 이상했어. 진짜 오싹하더라."

마일로는 맞장구쳤다.

"맞아. 꼭 다중인격자처럼."

하지만 세라 루이스는 다른 의견을 냈다.

"흠. 그냥 겁주기 작전 아닐까? 이 학교가 대단한 성과를 낸다는 건 인정해야 하잖아."

"그렇긴 해."

마일로는 수긍했다.

세 아이가 앞으로 수업을 받을 '정보 전송 센터' 앞에 도착했을 때, 케이티가 말했다.

"으아! 우리 담임선생님이 누군지 좀 봐!"

"앗, 이런."

마일로는 교실 앞에서 찌푸림과 사악한 미소 중간쯤 되는 표정을 짓고 선 교장을 발견했다.

"자리에 앉아라. 낭비할 시간이 없다."

교실은 이 학교의 모든 곳이 그렇듯 티끌 하나 없이 깨끗했다. 화면과 콘센트를 빼고는 온통 매끈한 흰 면이었다. 교실 전체가 하나의 덩어리인 것만 같았다.

아이들이 저마다 어느 의자에 앉아야 하는지를 스마트워치가 알려주었다.

마일로의 자리는 교실 한가운데였다. 앉자마자 스마트 의자가 마일로의 몸을 감싸며 조였다. 강당 의자는 몸을 편하게 감쌌는데, 교실 의자는 마치 몸을 옥죄는 것 같았다. 몸을 거의 움직일 수 없었다.

등받이 때문에 허리를 억지로 펼 수밖에 없었고, 뒤통수는 머리 받침대에 단단히 붙잡혔다.

이내 교장이 교실 안을 걷자 학생들은 교장이 움직이는 쪽으로 일제히 고개를 돌렸다. 의자가 그렇게 움직였기 때문이다. 불편하고도 기이했다.

퍼멀크러시 교장은 날카롭게 말했다.

"존경받는 교장인 내가 너희 같은 1학년 조무래기 녀석들을 가르친다는 사실에 놀랐을지도 모르겠다. 내가 신입생을 길들이는 재주가 있어서 그런다고 생각해라. 미숙한 개체들이 점점 생산적인 존재가 되어 가는 것을 보면 흐뭇하지."

"방금 우리더러 '개체'라고 한 거 맞아?"

마일로가 한 칸 떨어진 자리에 앉은 케이티에게 속삭였다. 그런데 말이 끝나자마자 의자의 머리 받침대가 마일로의 뒤통수를 더욱 세게 조였다. 마일로는 허걱 숨을 들이쉬었다.

"괜찮아?"

마일로와 케이티 사이에 앉은 남자아이가 물었다. 밝은 갈색 머리카락에 마른 체격인 그 남자아이 역시 곧바로 헉하고 숨을 들이쉬었다.

"너도 느꼈어?"

마일로가 속삭여 묻자 그 아이가 고개를 끄덕였다. 그 아이의 책상을 보니 이름이 폴 패트릭 프렌더개스트였다.

마일로는 자신이 속삭여 물을 때 교장이 쳐다본 것 같다고 느꼈다. 결코 들리지 않을 작은 소리였는데도 말이다.

마일로 앞에 앉은 여자아이는 뒤를 돌아보려 했지만 의자에 몸이 꽉 붙들려 꼼짝하지 못했다. 마일로는 콘수엘라 페더브리지라는 그 아이의 이름만 가까스로 확인했다.

"이곳 '정보 전송 센터'는 최첨단 기술로 만들어졌다. 너희가 앉은 의자, 너희가 입은 교복, 너희가 찬 스마트워치, 그리고 카메라, 이 모든 것이 너희의 심장박동, 몸과 눈의 움직임, 호흡 속도를 관찰해서 두페드로 보낸다. 집중력이 흐려지거나 수업을 방해하는 녀석이 있을 때는 내가, 또는 이 학교 시스템이 즉시 벌을 줄 것이다."

벌을 줄 거라고 말하면서 교장은 교단 한쪽에서 철로 된

봉을 꺼냈다.

"너희가 할 일은 간단하다. 입을 꽉 다물고, 질문을 하지 말고, 항상 집중하는 것이다."

교장이 봉을 내려쳤다. 책상에 닿은 봉의 끝에서 전기가 찌르르 흘렀다.

마일로의 바로 앞자리에 앉은 세라 루이스가 헉하고 놀라는 소리를 냈다. 교장은 차갑게 말했다.

"입 다물라고 했을 텐데."

순식간에 교실의 모두가 두려움에 사로잡혔다.

그때 마일로가 손을 들었다. 그러고는 교장이 어떤 말을 할 틈도 없이 이렇게 말했다.

"선생님, 화장실에 가고 싶은데 의자에 붙들려서 못 가면 어떡해요? 사실 저 지금 가야 할 것 같거든요. 화장실 좀 가도 될까요?"

교장의 얼굴에 놀란 표정이 떠오른 것은 처음이었다. 그는 두툼하고 부숭부숭한 눈썹 한쪽을 치켜올렸다.

곧 한 쌍의 고무 손가락이 마일로의 목덜미를 세게 꼬집었다.

"아, 아파!"

마일로가 소리를 지르자 교장이 한쪽 입꼬리를 올리며 웃었다.

“화장실 가는 시간을 포함해서 모든 것을 두페드가 관리한다. 너희가 화장실에 가야 하는 때도 두페드가 안다는 말이다. 그리고 너, 수업 시간에 한 번만 더 입을 열었다가는 화장실이 아니라 다른 곳에 가게 될 거다.”

마일로는 목덜미를 문지르면서 케이티에게 속삭였다.

“내가 화장실에 가야 하는 걸 두페드가 어떻게 안다는 거야? 나도 모를 때가 많은데.”

케이티는 웃음을 참으며 속삭여 물었다.

“뭐? 넌 화장실에 가고 싶은지도 모르고 가?”

마일로가 답했다.

“세상은 요지경이야. 별의별 일이 다 일어난다고.”

폴 패트릭은 참지 못하고 어깨를 들썩이며 함께 웃어버렸다.

바로 그때, 세 아이 모두가 의자에서 펄쩍 뛰며 작게 비명을 질렀다. 스마트 의자가 아이들의 오른쪽 엉덩이에 짧지만 매서운 전기충격을 가한 것이었다.

마일로는 벌겋게 달군 바늘로 누가 엉덩이를 찌른 것만 같아서 “아아, 엉덩이!” 하고 내뱉었고, 그 소리를 들은 주변 아이들에게 긴장된 웃음이 새어 나왔다. 그 탓에 더 많은 아이가 목덜미를 꼬집히고 엉덩이에 전기충격을 받았고, 교실 전체에 비명과 웃음소리가 가득해졌다.

“이게 다 무슨 일이야?”

폴 패트릭이 외쳤다. 콘수엘라를 비롯한 몇몇 아이가 갑자기 허걱 숨을 들이켜더니 눈에 눈물이 고였다.

“조용히 해!”

교장이 소리쳤다.

“지금까지 교단에 서면서 이 지경으로 망나니인 녀석들은 본 적이 없다.”

그는 스스로를 진정시켰다.

“그렇지만 상관없다. 너희가 이런 방식을 원한다면 말이지. 이렇게 많은 녀석들이 결국 고분고분해지는 걸 보는 건 더욱 만족스러울 거다. 자, 이제 모두 매일의 주문을 읊도록 한다.”

교장이 눈을 감고 학교의 시를 암송하기 시작하자 아이들도 함께했다.

나는 나의 마음과 몸과 영혼을 온전히 내맡기기를 원합니다.

모든 것을 아는 전능한 이 시스템에 나의 마음과 몸과 영혼을 내맡깁니다.

그렇게 해야만 우리는 규율을 배울 수 있고,

규율을 통해서만 성공에 이를 수 있기 때문입니다.

학교에 오기 전에 암기하라고 지시를 받은 시였다. 마일로는 아직도 아파서 화가 났다. 항의의 의미로 그 시를 읊지 않을 생각이었다. 하지만 고개를 들어 교장과 눈을 마주치자 다시 뒤통수가 조이는 것을 느꼈다.

마일로는 같이 낭송하기 시작했다.

"그럼 이제 수업을 시작해 보자."

교장은 수업 계획을 설명했다. 첫 수업은 수학이었다. 40분 동안 각종 방정식과 정리가 하나하나 언급되었다. 그러고는 생물, 경제, 물리 순서로 설명을 이었다.

이 학교는 반마다 단 한 명의 담임교사가 모든 과목을 가르쳤다. 교사가 누구인지는 거의 중요하지 않다는 것을 이 학교는 자랑으로 삼았다. 두페드 시스템이 모든 것을 결정하고, 교사는 그저 전달하는 역할을 담당한다. 교장을 제외한 모든 교사는 한때 이 학교의 성실한 학생이었다.

두페드가 모든 학생의 집중도와 필기를 감시하고, 매주 치르는 시험에 대비해 개인별 맞춤으로 공부 계획을 계속해서 업데이트한다고 했다.

결석 같은 것은 있을 수 없었다. 아이들은 맹렬한 수업 진도를 무조건 따라가는 수밖에 없었다. 허벅지를 조이고 허리를 앞으로 밀고 뒤통수를 붙잡는 스마트 의자가 불편해서 긴장을 풀 수도 없었다.

40분으로 이루어진 각 수업마다 숨 쉴 틈 없이 진도를 나가니 쏜살같이 지나가기는 했지만, 정신적으로 너무나 피곤했다.

어느새 점심시간이 되어 학생들이 의자에서 놓여났다. 대부분의 아이들이 이때다 하고 목과 허리를 스트레칭 했다. 하지만 그도 잠시, 곧바로 무빙워크에 이끌려 구내식당으로 가야 했다.

구내식당은 둥근 식탁들로 가득한 넓고 하얀 공간이었다. 학생들은 무빙워크를 타고 식당 안을 돌면서 그릇과 수저를 받은 다음 거대한 배급 통에서 나오는 음식을 받았다. 통의 주둥이에서 한 번에 주르륵 흘러나오는 회색 진흙 같은 것이 바로 학생들의 한 끼 식사였고, 이 학교에서는 그것을 영양죽이라고 불렀다. 이 학교 채소밭에서 직접 기른 것들로 만들었고, 청소년이 성장하고 건강을 유지하고 공부에 집중하는 데 필요한 비타민, 아미노산, 오메가3, 미네랄을 모두 공급하는 음식이라고 했다. 그것을 받은 다음에는 모두가 미리 정해진 자리까지 무빙워크로 옮겨졌다. 마치 완벽한 조화 속에서 한 줄로 움직이는 개미들 같았다. 하나 다른 게 있다면 개미도 안 먹을 쓰레기 같은 회색 음식을 식판에 담아 들고 있다는 점이었다.

영양죽은 보기에만 썩은 쓰레기 같은 것이 아니라 맛도 그랬다. 세라 루이스조차 먹기 힘들다고 인정했다. 그러면서도 몸에는 좋다고 주장했지만 말이다.

점심을 먹고 나자 특별히 조성한 뜰에서 운동하는 시간이 30분간 주어졌다. 곳곳에 이렇게 쓰인 표지판이 있었다.

놀이 금지
게임 금지
일부 운동만 허용

허용하는 운동이란 빠르게 걷기와 빠르게 달리기를 짧게 번갈아 하는 것이었다. 이렇게 하면 심장박동이 빨라져 공부에 집중하는 데 도움이 된다면서 말이다.

달리기 다음으로 걷기를 하면서 마일로는 말했다.

"아니, 어떻게 이럴 수가 있지? 이거 짜고 치는 깜짝쇼 같은 거 아니지? 왠지 '속았지!' 하면서 숨었던 사람들이 튀어나오고, 평범한 학교생활이 시작될 것만 같아."

그러자 세라 루이스가 말했다.

"불평 좀 그만해! 이것도 다 우리를 빨리 집중하고 적응하게 하려는 방법일 거야."

케이티는 의심스럽다는 듯 말했다.

"과연 그럴까. 난 점심 먹고 속이 이상해. 아직 엉덩이도 아
프고."

마일로가 맞장구쳤다.

"나도. 전기충격을 너무 많이 받아서 엉덩이가 떨어지면 어
떡하지?"

마일로와 케이티는 웃었지만 세라 루이스는 초조하게 주위
를 둘러보고는 물었다.

"정말 아팠어?"

케이티가 대답했다.

"아팠어!"

"아이고, 저런."

세라 루이스가 두 팔을 벌려서 두 친구를 안아주었다.

"벌 받지 않으려면 우리 더 조심해야겠어."

세라 루이스의 말에 마일로는 과연 자기가 그럴 수 있을지
의심스러웠다. 이 잔인한 일과를 매일 반복한다는 생각만으로
도 목이 조이는 것 같았다.

운동시간 30분이 끝나자 무빙워크가 다시 아이들을 교실
로 옮겼다.

남은 오후는 경영학과 컴퓨터공학, 그리고 회계 수업으로
채워졌다. 그날은 더 이상의 소동이나 전기충격이 없었다. 하지

만 도중에 한 번 아이들을 깨우기 위한 사이렌 소리가 요란하게 울려 퍼졌다. 마일로는 몇 번 딴생각을 했지만 뒤통수가 세게 조여드는 바람에 깜짝 놀라 다시 집중해야 했다.

마침내 커다란 신호음과 함께 모든 수업이 끝났다. 몸을 조이던 의자가 느슨해지고 스마트워치에서 삑 소리가 나면서 뒤통수를 잡았던 머리 받침대도 풀어졌다. 마치 교실 전체가 긴장을 풀며 한숨을 내쉬는 것 같았다.

"수업은 끝났지만 일과는 끝나지 않았다. 저녁을 먹고 나면 오늘 수업에서 배운 모든 것을 복습하고 암기하는 시간을 가진다."

교장은 건조하게 전달했다.

"곧 중간 평가 시험이 있을 것이고, 거기에서 꼴찌를 하는 아이는 벌을 받을 거다."

새로운 삶을 고작 하루 살았을 뿐인데, 아이들은 이미 진이 빠져 있었다.

다들 얼빠진 표정으로 멍하니 앞을 보며 터덜터덜 교실을 나갔다. 아무 말도 하지 않고 환하게 반짝이는 복도를 지나 기숙사로 갔다. 마일로가 바닥에서 눈을 든 것은 딱 한 번, 반 아이들이 복도를 행진하던 모범교육생 한 무리에게 마구 밀려났을 때였다. 모범교육생들의 눈에는 다른 사람들이 안 보이는 것만 같았다.

마일로는 침대에 이르렀다. 똑같이 생긴 수많은 네모 중 하나였다. 작은 사물함도 하나 있었는데 아이들이 손수 끄거나 켤 수 없게 자동화된 전등이 달려 있었다. 그러고 보니 학교의 거의 모든 것, 그러니까 전등, 화장실, 문, 심지어 자동으로 움직이는 바닥까지도 스위치나 버튼이 전혀 없었다. 학생들은 학교에 있는 그 무엇도 직접 조절하거나 통제할 수 없었다. 모든 것이 가장 효율적으로 사용되도록 중앙에서 관리하거나 미리 프로그래밍이 되어 있었다.

마일로는 처음에 그것이 아주 멋지다고 생각했다. 무빙워크도, 스마트 의자도. 하지만 이제는 짜증나고 터무니없게 느껴졌다. 자신이 물체, 로봇처럼 느껴졌다.

마일로는 자주색 학교 체육복으로 갈아입고 침대에 앉아 잠깐 낮잠을 자고 일어날까 하고 생각했다. 하지만 눈꺼풀이 무겁게 내려앉는 순간, 손목에서 날카로운 신호음이 울리며 저녁을 먹으러 식당으로 가라는 명령이 떨어졌다.

개미들이 행진하여 또 한 번 진흙 같고 맛없는 영양죽을 한 그릇씩 비웠다.

그런 다음 곧장 자습실로 가야 했다. 십 대 학생들이 800명이나 있는 거대한 공간인데도 쥐 죽은 듯 조용했다. 학생들은 또 한 번 학교 시를 낭송했다. 상급생들은 다들 열광적인 축구 팬들처럼 광기 어린 목소리로 낭송했다.

몇몇 모범교육생들이 자습실을 순찰했고, 몽상에 빠져 있거나 말을 하는 학생이 있으면 자신의 스마트워치를 눌러서 전기충격을 주었다.

9시가 되어 드디어 자습이 끝났다. 잠자리에 들 준비를 하는 데 30분이 주어졌다.

마일로는 잠시 누워서 이것이 정말로 성공하기 위해 치러야 하는 대가인가를 생각해 보았다. 6년이 지나면 나는 어떤 사람이 되어 있을까? 모범교육생처럼 되어 있을까?

그때 엄마 아빠와, 이 학교의 드높은 명성이 떠올랐다. 모두가 이 학교를 칭송했다. 그 많은 사람이 모두 틀렸을 수도 있을까?

'아닐 거야. 아마 좀 있으면 나도 적응될 거야.'

하지만 마일로의 마음 깊은 곳 어딘가에서 경보가 울리고 있었다.

'아무리 그래도 이런 교육이 말이 돼?'

어느 날 아침에
생긴 일

모든 잔인함은
나약함에서 나온다.
― 세네카

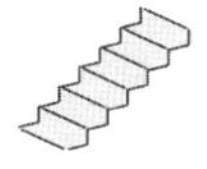

다음 날 새벽 4시 30분에 마일로의 알람이 울렸다. 아무래도 알람이 잘못 맞춰진 것 같아 마일로는 스마트워치를 누르고 돌아누워 다시 편안한 잠에 빠졌다.

3분 후 알람이 다시 울렸다. 마일로는 잠에 취한 채 다시 워치를 눌렀다.

'벌써 일어날 시간일 리가 없어.'

다른 아이들이 뒤척이는 소리가 들리는가 싶더니 쿵 하고 스마트 침대가 한쪽으로 세워졌고 마일로가 감자 포대처럼 툭 바닥에 떨어졌다.

알고 보니 아침 첫 수업이 새벽 5시 30분에 있었다!

충격에서 헤어나지 못한 채 식당으로 간 마일로는 아침밥을 먹으러 온 케이티와 세라 루이스를 만났다. 옆 식탁에는 제리와 리엄 쌍둥이가 폴 패트릭과 함께 앉아 있었다. 아이들은 고개를 끄덕이는 것으로 인사를 대신했다. 모두 너무 피곤해 말할 힘조차 없었다. 아, 모두가 그런 건 아니었다.

"새로운 하루를 시작할 준비가 됐어?"

기운찬 목소리로 묻는 세라 루이스가 있었으니 말이다.

제리가 웅얼웅얼 대답했다.

"으으, 그만 좀 해."

"야, 목소리 좀 낮춰."

케이티가 이렇게 말하고는 하품을 하고 기지개를 켰다.

마일로가 힘없이 두 엄지를 내밀면서 반어법으로 말했다.

"이야, 신난다. 새로운 하루가 너무 기대되네."

교실로 가자 교장은 조금의 지체도 없이 수업을 시작했다. 5시 30분 정각부터 수업 계획을 말해주고 아이들의 어린 머릿속에 정보를 퍼 넣었다.

이날도 숨 돌릴 겨를이 없었다. 첫째 날과 거울처럼 똑같이 흘러갔다.

다음 날도 마찬가지였다.

그다음 날도.

시간의 흐름이 이상하고 낯설게 느껴지기 시작했다. 하루는 끝이 나지 않을 것처럼 길게 느껴지는데, 일주일은 눈 깜짝

할 사이에 지나가 버렸다. 기상, 쓰레기 죽, 수업, 쓰레기 죽, 운동, 수업, 쓰레기 죽, 공부, 잠, 이렇게 똑같은 일과로 하루하루가 오고 또 갔다. 마치 오늘과 내일의 구분이 없고, 악몽 같은 하나의 현재만이 있는 것 같았다. 언제 시간이 흘렀나 싶은데, 어느새 이곳 학생이 된 지 한 달이 지나 있었다.

바깥세상이 변하고 있다는 증거는 오직 학교를 찾는 귀빈들이 교장과 만나는 모습이 잠깐씩 보이는 것이나, 학교 동쪽에 부속 건물을 짓는 공사가 진전되는 것뿐이었다. 소문에 의하면 이 학교는 학생이 바깥세상과 나누는 모든 문자메시지와 소통을 두페드로 감시해서 학생의 진짜 감정을 알아내고, 학교에 항의할 가능성이 있는 학생을 잡아낸다고 했다. 마일로는 마치 동물원에 갇힌 기분이었다. 밖에서 안을 보는 사람들에게 동물원은 재미난 장소처럼 보인다. 하지만 안에서 밖을 보는 동물들에게 동물원은 지루한 감옥일 수도 있다.

지나치게 힘든 생활이 이어지니 신입생들은 눈에 띄게 지치기 시작했다. 마일로와 친구들은 고작 한 달 그곳에 있었는데도 말할 수 없이 피곤했다. 모두 눈이 충혈되었고 눈 밑은 색이 어두워졌다. 몇몇 학생들에게는 신경성 경련도 나타났다. 손톱 깨물기는 널리 퍼진 취미 생활이 되었다.

특히 세라 루이스가 힘들어 했다. 10월 중순의 어느 아침,

마일로는 세라 루이스가 평소의 힘찬 모습과는 많이 다르다는 것을 알아챘다. 몸 상태가 매우 나빠 보였다.

"너 괜찮아, 세라 루이스?"

마일로가 묻자 세라 루이스는 곧장 대답했다.

"응. 당연히 괜찮지."

교실로 가면서 마일로는 계속 세라 루이스를 바라보았다. 두 눈 주변이 마치 너구리처럼 검고 코는 피부가 벗겨져 붉은 데다가, 이마에는 땀방울이 총총히 맺혀 있었다.

"너 아무래도 정상이 아닌 것 같아."

"아주 고맙다, 마일로."

세라 루이스는 날카롭게 대꾸하고는 앞서 나갔다.

"아니, 난 나쁜 뜻으로 한 말이 아니야. 네 건강이 안 좋아 보여서 그래. 내 말뜻 알겠지?"

"그래, 알겠어. 그냥 좀 지쳐서 그래. 나 멀쩡해."

세라 루이스는 코를 훌쩍이고 기침을 하며 말했다.

"학교생활이 좀 빡빡하잖아. 특히 좋은 성적을 받으려면."

마일로는 세라 루이스가 반에서 일등 자리를 놓고 줄리아 콘런에게 경쟁심을 느끼는 걸 알았다. 아무래도 그래서 스스로를 너무 몰아붙이는 것 같았다.

말실수를 만회하고픈 마음으로 마일로는 말했다.

"너 같은 모범생이 또 어디 있다고! 거의 매주 반에서 일등을 하잖아. 그러니 조금은 마음 편하게 먹고 이번 주말에는 푹 쉬는 게 좋지 않을까?"

둘은 교실에 도착했다. 교실에 가까워지면 하던 말도 멈추어야 한다는 것을 이제는 알고 있었다. 자기도 모르게 계속 대화를 하며 교실에 들어갔다가 의자에 꼬집히거나 전기충격을 받은 적이 이미 여러 번이었다.

자리에 앉자 세라 루이스는 더욱 상태가 나빠 보였다. 뒤통수를 머리 받침대가 조이고 있지 않았다면 쓰러질 것만 같았다.

수업을 시작한 지 30분쯤 지나고 교실의 스마트 벽에 소금의 성분을 화학식으로 보여주는 자료가 커다랗게 떴을 때, 마일로의 귀에 세라 루이스의 신음이 들렸다. 곧바로 세라 루이스의 비명이 뒤를 이었다. 모두가 그 소리의 의미를 알고 있었다. 수업 중 소음을 낸 벌로 엉덩이에 전기충격을 받은 것이었다. 세라 루이스가 이 벌을 받은 건 처음이었다.

이처럼 작은 규칙 위반들은 시스템이 알아서 처리하도록 맡겨둔 채, 교장은 세라 루이스에게 눈길조차 주지 않고 수업을 계속했다.

"소금의 화학 성분은 염화나트륨이다."

그런데 또 한 번 신음과 비명이 들리자, 교장은 말을 끊고 세라 루이스 쪽을 쳐다보았다. 그는 어이없다는 표정을 하고 안경을 벗었다.

"이렇게 한심한 상황은 이제 더 안 봐도 되는 줄 알았는데. 아직도 규칙 파악이 안 되나, 이 멍청한 녀석아?"

세라 루이스는 자신을 빤히 노려보는 교장에게 대답했다.

"죄송합니다. 몸이 너무 안 좋아서요. 보건실에 가 보면 안 될까요?"

세라 루이스는 조그맣게 훌쩍이면서 예의 바르게 말했다. 일등 자리가 위태로울 수 있는데도 세라 루이스가 이런 부탁을 할 정도면 정말로 심각하게 몸이 아픈 것이 분명했다.

그러나 교장은 스마트 벽의 자료만 보며 냉정하게 대답했다.

"안 돼. 흔히 소금이라고 알려진 염화나트륨은 이온결합으로……."

"부탁드릴게요, 선생님. 몸이 너무 안 좋아서요. 누워야 할 것 같아요. 아야!"

세라 루이스가 소리를 질렀다. 뒤통수를 조이고 있던 머리받침대에서 고무 손가락이 뻗어 나와 목덜미를 꽉 꼬집은 것이다. 그건 정말 아프다. 마일로가 이미 여러 번 겪어 보았듯, 엉덩이에 전기충격을 당하는 것보다 훨씬 더 아프다.

교장은 솟구치는 화를 누르려고 애쓰는 표정으로 말했다.

"이 말을 또 해야 한다니, 도저히 믿을 수가 없네. 네가 진짜로 아팠으면 두페드가 먼저 알렸을 거다. 그러니까 네 녀석은 지금 아픈 척을 하는 거야, 이 버릇없는 거짓말쟁이 같으니라고."

마일로는 교실의 모든 아이들이 굳어버리는 것을 느꼈다. 지금 세라 루이스의 몸이 좋지 않다는 것은 누가 봐도 알 수 있었다. 그걸 아는 데 컴퓨터는 필요 없었다. 게다가 다른 아이도 아닌 세라 루이스가 거짓말을 할 리 없었다. 그건 교장도 다 아는 사실이었다.

하지만 그 누구도 한마디 하지 못했다. 마일로도 마찬가지였다. 답답함을 그냥 삼킬 수밖에 없었다.

교장은 수업을 계속했지만 세라 루이스는 얼마 지나지 않아 다시 말했다.

"아픈 척을 하는 게 아니에요, 선생님. 제발요! 저 속이 너무 울렁거려요."

"안 된다고 했다!"

교장이 이렇게 말한 순간, 마일로가 폭발하여 외쳤다.

"좀 보내주세요! 아프다잖아요! 이런 법이 어디 있어요. 망할 두페드가 아니어도 딱 보면 아픈 거 알잖아요! 이렇게 부당하게 행동하시는데 어떻게 우리가 선생님을 존경하죠?"

두페드의 복수는 즉각적이고도 잔인했다. 마일로는 목과 허리, 그리고 엉덩이를 여러 차례 꼬집히고 전기충격을 받았다.

마일로는 그제야 자신이 무슨 짓을 했는지 깨달았다. 주위를 둘러보니 겁에 질린 폴 패트릭의 두 눈이 보였다.

믿을 수 없다는 듯 놀라는 소리도 이곳저곳에서 터져 나왔다.

교장은 교탁 뒤에서 나와 먹이 주위를 도는 검은 표범처럼 세라 루이스 가까이 다가갔다.

"너희는 우리가 아프다고 할 때만 아플 수 있다."

교장은 더 성질부리지 않고 체면을 지키려 애쓰느라 입을 비죽거리며 말했다.

"마지막으로 말한다. 입 다물고 수업에 집중해라."

교장은 여전히 세라 루이스 앞에 서서 전기 체벌봉 끝으로 마일로를 가리켰다. 그리고 천천히 마일로에게로 고개를 돌렸다.

"그리고 너……."

교장은 마일로를 노려보며 말을 이었다.

"지금 감히 내 수업에서 제멋대로 말을 한 거냐? 감히 나한테 이의를 제기한 거야?"

말투는 짐짓 침착했지만, 금방이라도 폭발할 것처럼 보였다.

마일로는 겁에 질려 머리가 하얘졌다.

"네, 교장선생님. 죄송합니다. 저는 그냥, 제 생각에는……
그러니까 제 말은…… 누군가가…….."

"그놈의 시건방진 입 다물어라."

교장이 든 전기 체벌봉이 지글거리며 번쩍였고, 교장의 눈
은 혐오로 이글거렸다.

마일로는 너무나 두려웠다. 실제로 몸이 위험하다고 느꼈
다. 케이티가 우는 소리가 들리는 것 같았다. 어쩌다 이런 상황
에 이르렀을까. 마일로는 두 친구 모두를 데리고 달아나고 싶었
다. 하지만 마일로는 이곳에 붙들려 있었다. 모든 아이들이 붙
들려 있었다.

"마일로 몰로니. 내가 35년 동안 교편을 잡았지만 너처럼
지독하게 멍청한 놈은 만난 적이 없다. 넌 도대체 어떻게 된 놈
이냐?"

단어 하나하나를 뱉을 때마다 교장의 목소리가 커졌다.

"네가 감히 역사상 가장 훌륭한 학교를 비난하고, 나를 가
르칠 수 있다고 생각하냐? 하, 구토가 나올 지경이군."

교장이 '구토'라는 말을 하는 순간, 세라 루이스가 입을 열
고 교장의 깨끗한 남색 울 정장에 토했다. 누르스름한 회색의
끈적거리는 액체가 소방관의 호스에서 뿜어지는 물처럼 세라

루이스의 입에서 끝없이 쏟아져 나왔다. 충격을 받고 그대로 굳어버린 교장은 자신의 깨끗한 정장 바지가 토사물로 젖어 드는 모습을 바라보고만 있었다. 토사물은 몽땅 그의 바지에 쏟아졌는데, 몇 방울은 와이셔츠와 붉은 넥타이까지 튀었다.

이윽고 구토가 멎었다. 마치 누군가가 수도관을 잠가버린 것처럼 말이다. 세라 루이스는 속을 게우느라 지쳐 고개가 축 처졌고 입술에서는 침 한 방울이 떨어졌다. 세라 루이스는 소매로 입을 닦고 천천히 교장을 올려다보았다.

교실 전체가 그대로 멈추어 있었다.

교장은 마치 토사물 때문에 몸을 움직일 수 없다는 듯이 그 자리에 가만히 서있었다. 표정에는 충격과 역겨움이 가득했다. 교장이 깨끗함과 위생에 얼마나 까다로운지 모르는 아이가 없었다. 일 초, 일 초가 흘러갔고, 모두 다음으로 무슨 일이 일어날지를 기다렸다.

통쾌해져 버린 마일로가 참지 못하고 내뱉었다.

"저기, 구토 선생님. 아니지, 교장선생님. 바지에 뭐가 묻은 것 같은데요."

긴장은 깨지고 교실 전체에 키득거리는 웃음소리가 번졌다.

교장은 완전히 폭발했다.

"입 다물어라, 마일로 몰로니!"

교장은 전기 체벌봉으로 마일로를 가리키고는 버튼을 눌러 마일로의 몸 전체에 충격을 주었다. 마일로는 아파서 소리를 질렀다. 교장은 손수건을 꺼내 바지를 닦기 시작했다.

교실은 곧바로 조용해졌다.

"너 일부러 이런 거지?"

그는 화가 나 일그러진 얼굴로 세라 루이스에게 소리쳤다.

"의도적으로 구토를 했어, 이 역겨운 쥐새끼 같은 것. 너는 오늘 일과가 끝날 때까지 여기에 앉아 있어라. 종일이 걸려도 계획표대로 수업할 거니까!"

교장은 이제 마일로에게로 고개를 돌렸다.

"너는 내 교실에서 나가! 천하에 한심한 놈 같으니라고."

마구 소리를 지르는 그의 입에서 흰색과 노란색 침방울이 튀었다. 앞줄에 앉은 운 나쁜 학생들은 마치 롤러코스터를 타고 난 것처럼 두 손을 책상 위에 올리고 눈을 커다랗게 뜨고 있었다.

"너는 모범교육생들이 처리할 거다!"

교장이 마일로에게 소리치자 마일로의 의자가 느슨해졌다. 마일로는 두려움에 떨며 일어났다. 물론 교장도 무서웠지만 모범교육생들은 소름이 끼쳤다.

마일로가 나가려는데 케이티가 마일로의 손을 잡았다. 마

일로를 위해서 한마디 하겠다는 다짐이 케이티의 눈에 맺혀 있
었다. 하지만 마일로는 재빨리 눈빛으로 말했다.
　'절대 아무 짓 하지 마. 나로도 충분하니까 너까지 휘말리
지 마.'

벽장 너머에서
만난 사람

놀라움은 철학자가 느끼는 감정이고,
철학은 놀라움에서 시작된다.

— 플라톤

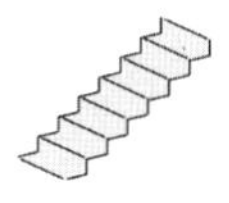

교실 문이 닫히고 마일로는 티끌 하나 없이 하얀 복도에 혼자 서있었다. 자신 말고는 아무도 없었다.

온몸에 받은 전기충격의 통증이 아직 남아, 마일로는 허리를 숙였다. 이제는 마일로가 토할 것만 같았다. 속이 울렁거리고 외로웠다. 단지 혼자 있어서만이 아니라, 모두와 함께 있어야 하는 곳에 있지 못해서 느껴지는 이상한 외로움이었다.

마일로는 처벌을 많이 받아봤다. 하지만 목숨이 위험하다고 느낀 것은 처음이었다. 그리고 이내 자기혐오가 밀려왔다. 자꾸만 스스로에게 이렇게 말했다.

'왜 너는 그 망할 입을 좀 다물지 못하냐?'

그리고 또 하나의 견디기 힘든 생각이 떠올랐다. 바로 엄마 아빠가 이 일을 알게 되리라는 것. 어쩌면 이미 아는지도 모른다.

발소리가 들렸다. 모범교육생들의 발소리에는 특유의 긴박하고 정확한 박자가 있었다. 뚜벅뚜벅 뚜벅뚜벅.

마일로는 두려워졌다. 모범교육생들이 두들겨 팰까? 아니면 전기충격을 줄까? 그때 10미터쯤 앞에서 덩치 큰 모범교육생 두 명이 모퉁이를 돌아 다가왔다. 언제나 그렇듯 사람 불안하게 하는 죽은 눈빛을 하고는 곧장 마일로에게 걸어오고 있었다.

'에라, 모르겠다.'

마일로는 더 생각하지 않고 반대 방향으로 내달려 버렸다.

복도 끝에 다다르자 중앙 건물로 이어지는 유리 통로가 나왔다.

그때 모범교육생들이 이렇게 외치는 소리가 들렸다.

"당장 멈춰라, 8728473번 학생. 실내에서는 뛰면 안 된다. 불복종은 용납되지 않는다."

'젠장, 뭔 협박이 이렇게 따분하냐.'

마일로는 복도 모퉁이를 돌아 미끄러운 바닥에서 균형을 잃지 않으려 애쓰며 계속 뛰었다. 뒤에서 걸어오는 발소리는 점점 빨라졌다. 어느새 그들은 바로 뒤에서 모퉁이를 돌고 있었다.

그런데 앞쪽 계단에서 다른 모범교육생 두 명이 4층으로 올라오고 있었다. 마일로는 그들을 보고 멈추어 섰다. 이제 오도 가도 못하는 신세가 되어 버린 것이었다.

할 수 없이 새로 나타난 두 모범교육생 쪽으로 냅다 달렸
다. 마일로는 그들이 느리고 자신은 빠르다는 것을 알고 있었
다. 그들의 몸은 크고 자신은 작다는 것을 알고 있었다. 그리고
바닥이 매끈매끈해서 미끄러지듯 달리기에 딱 좋다는 것도 알
고 있었다.

마일로가 다가가자 두 모범교육생은 다리를 벌리고 복도를
막아 마일로를 붙잡으려 했다. 그러나 힘껏 달리던 마일로는 능
숙하게 미끄러지면서 왼쪽 모범교육생의 다리 사이로 몸을 숙
였다. 그리고 그가 내려다보는 가랑이 사이를 통과했다.

한 교육생이 마일로를 향해 스마트워치를 겨냥하고 눌렀다.
그는 바로 입학식 날 마일로를 의자에 앉혔던 사람이었다.

마일로는 일어서서 무빙워크 쪽으로 달려가려 했지만 갑자
기 온몸이 굳어버렸다. 거의 마비가 된 것 같았다.

'어떻게 된 거지? 독침을 쐈나? 테이저 건(일시적으로 몸을 마
비시키는 전류를 발사하는 총—옮긴이)이었나?'

그러나 곧 마일로는 자신의 몸은 멀쩡하고, 제대로 움직이
지 못하게 된 것은 교복 때문이라는 사실을 깨달았다. 교복이
판지처럼 뻣뻣해져 있었다. 워치로 교복을 조종할 수 있는 모양
이었다.

갑자기 달리기가 너무나 어려워졌지만 아주 움직일 수 없는

것은 아니었다. 1층으로 데려다줄 무빙워크의 난간이 고작 몇 미터 앞이었다.

마일로는 모든 힘을 그러모아 몇 걸음 더 내딛는 데에 집중했다. 그리고 다가온 모범교육생들에게 붙잡히기 직전 앞으로 확 움직여 난간을 넘었다.

"가서 잡아."

모범교육생 한 명이 말하자 다른 교육생이 이렇게 대답했다.

"하지만 저 난간을 넘는 건 규칙에 어긋나."

"우리는 저 애를 잡으라는 명령에 따라야 해."

"무빙워크에서 난간을 잡지 않는 건 규칙에 어긋나."

어느 규칙이 가장 중요한지를 놓고 모범교육생들이 옥신각신하는 동안, 마일로는 난간을 꼭 잡고 무빙워크에 실려 아래층으로 내려갔다. 그들에게서 멀어질수록 교복이 다시 부드러워지며 원래대로 돌아가는 것이 느껴졌다.

'특정한 거리 안에서만 스마트워치가 작동하나 보군.'

1층에 다다른 마일로는 복도를 뛰어서 채소밭 쪽으로 향했다. 그러고는 제일 먼저 보이는 벽장 문을 열고 안으로 들어가 몸을 숙였다.

등 뒤로 문을 닫는데, 마일로의 심장이 빠르게 뛰고 얼굴에서는 땀이 뚝뚝 떨어졌다. 모범교육생들이 지나쳐 가는 소리가 들렸다.

안도의 한숨을 내뱉고 나자 마일로의 입에서 키득키득 웃음이 새어 나왔다. 아일랜드에서 가장 좋은 학교에서 수업을 받다 쫓겨나고, 모범교육생들을 피해 달아나다가 어딘지도 모르는 어두운 벽장에 쪼그리고 앉아 있는 신세라니.

'이렇게 지독한 상황에서도 웃을 수 있는 내가 신기하다.'

마일로의 감각이 천천히 어둠에 적응했다. 그런데 어디선가 음악 소리가 들려오는 것 같았다. 생각해 보니 입학식 때를 빼면 이 학교에서는 그 어떤 음악도 들린 적이 없었다. 마일로는 음악을 사랑했다. 언젠가는 음악가가 되고 싶다는 꿈을 꾸었다. 하지만 이곳에서는 음악을 가르치지 않았다. 음악이란 '진짜 세상'에서는 쓸모가 없는 '시간 낭비'였다.

마일로는 음악 소리를 따라서 벽장 속을 더 나아갔다. 벽장 깊은 곳의 다른 편에 문손잡이가 또 하나 있었다. 손잡이를 돌리고 당겨 문을 열자 마일로의 귀에 음악이 쏟아져 들어왔다.

마일로의 얼굴에 미소가 번졌다. 눈앞에 펼쳐진 것은 밝고 아름다운 작은 정원이었다. 정원을 둘러싼 학교의 흰 벽이 거의 초록색 덩굴 식물로 덮여 있었다. 바닥에 놓이거나 높은 데 매달린 화분 속 꽃들이 화사한 색으로 정원 곳곳을 채우고 있었다. 강렬하고 선명한 빨강, 눈부시게 춤추는 노랑, 어둡고 짙은 보라.

마일로는 깊이 숨을 들이쉬었다. 라벤더 향기가 났다.

한쪽 벽에 붙은 캔버스 차양 아래엔 선반이 있고, 거기엔 오래된 책들과 반쯤 완성된 그림들이 놓여 있었다. 트럼펫과 우쿨렐레 같은 낡은 악기도 몇몇 있었고, 희한하게 생긴 여러 지구본과 둥근 물건들, 다양한 문화권의 장식품들이 보였다. 아프리카의 탈, 일본의 족자, 남아메리카 사람처럼 보이는 작은 입상.

정원 가운데에는 커다랗고 아름다운 나무가 한 그루 있었다. 몸통이 굵고 튼튼한 고목이었다.

마일로는 나무를 만져보려고 다가서다가 정원 한구석에서 사람을 발견하고는 펄쩍 놀라서 뒷걸음쳤다.

'더는 처벌받을 일이 생기면 안 돼.'

화분 위로 몸을 숙이고 초록색 물뿌리개로 물을 주고 있는 그 사람은 작은 체구에 우아한 분위기를 풍기는 나이 든 여자였다. 음악에 맞추어 콧노래를 부르느라 마일로가 들어오는 소리를 듣지 못한 모양이었다. 마일로는 달아나야 한다고 생각하면서도 어쩐지 이 정원은 안전하다는 느낌이 들었다.

"저기요……."

모범교육생들에게서 도망쳐 오느라 떨리고 숨찬 목소리로

마일로는 그 사람을 불렀다. 그는 깜짝 놀라 물뿌리개를 떨어뜨리며 돌아섰다.

마일로는 안심시키려고 재빨리 말했다.

"죄송해요! 몰래 다가가려고 한 건 아니에요."

그 사람은 초록색 장갑을 낀 손으로 가슴을 쓸어내렸다.

"아아, 간 떨어질 뻔했네. 너 여기서 뭐 하니? 교실에 있어야 하는 거 아니니?"

짧고 흰 머리카락, 창백한 피부, 커다란 갈색 눈동자를 지닌 사람이었다.

"네, 그렇긴 한데……."

마일로는 어떻게 둘러댈까 생각하면서 말을 더듬다가 결국 한숨을 내쉬고는 모조리 털어놓았다.

"쫓겨났어요. 그러고 나서…… 그게…… 도망을 쳤어요. 소름 끼치는 모범교육생들이 쫓아와서 숨으려다 여기 들어왔어요."

마일로는 왜 이렇게 솔직한 말이 나오는지 알 수 없었다.

"그랬구나."

그 사람이 미소를 지었다. 그러자 마일로는 곧바로 긴장이 풀렸다.

"쫓겨난 이유가 뭔데?"

“너무 화나는 일이 있었어요! 교장선생님은 정말 어이가 없어요. 제 친구 세라 루이스가 아팠거든요. 아주 많이 아팠어요. 누가 봐도 아프단 걸 알 수 있었어요. 그런데도 교장선생님이 그 애를 보건실에 못 가게 하잖아요. 그래서…… 제가 무슨 말을 좀 했다가 쫓겨났어요.”

“무슨 말을 했는데?”

그 사람이 마일로를 빤히 보며 물었다.

“정확히는 기억이 안 나는데요…….”

마일로는 눈을 피하며 말했다.

“망할 두페드라고 한 것 같기도 하고, 교장선생님한테 이런 법이 어디 있느냐고 한 것 같기도 하고, 부당해서 선생님을 존경할 수가 없다는, 그런 말도 한 것 같아요.”

“그런 말을 퍼멀크러시 박사한테 했다고?”

상대의 얼굴에 미소가 떠올랐다.

“세상에! 너 이름이 뭐니?”

마일로는 이 사람이 감탄한 건지, 충격을 받은 건지 알 수 없었다.

“마일로 몰로니예요.”

“내 이름은 어설라 조이. 어설라라고 부르면 돼. 만나서 반갑다.”

두 사람은 악수했다.

마일로는 나무 옆 작은 벤치에 앉아 말했다.

"저는 왜 다른 애들처럼 입을 다물지 못했을까요? 전 왜 이 모양인지 모르겠어요. 혼날 걸 알면서도 그랬어요. 이제 저는 어떻게 될까요? 암살당할지도 몰라요."

"음. 그건 그렇게 자책할 일이 아니야."

어설라는 마일로에게 다가가면서 천천히, 신중한 말투로 말했다.

"너는 훌륭하고 합당한 질문을 했어. 내가 보기에 너한테는 아무 문제도 없어."

"문제가 없어요?"

놀란 마일로가 물었다. 입 다물고 시키는 대로 하라는 말 대신 이런 말을 하는 어른은 처음이었다.

"문제는 무슨. 넌 아주 생각이 깊은 철학적 질문을 한 것 같은데."

"제가요? '철학적'이라고요? 철학적인 게 뭔데요?"

마일로는 얼른 덧붙였다.

"아니, 그러니까…… 저는 그게 뭔지 아는데, 어설라는 뭐라고 생각하시는지 알고 싶어서요."

어설라는 웃었다.

"너는 공정함과 권위, 지식에 대한 교장의 관점에 이의를 제
기한 거야. 모두 아주 중요한 철학적 질문들이지."

"제 질문들이요?"

마일로는 자신의 질문들에 이름이 있을지도 모른다는 사실
이 흥미진진했다.

"그렇다니까. 내가 잘 아는 분야야. 오래전에 철학을 가르쳤
거든. 모든 것이 변하기 전에 말이야."

"정말요? 왜 이젠 안 가르치세요?"

"퍼멀크러시 박사가 이 학교의 교장이 되더니 음악, 미술 수
업은 물론이고 철학 수업도 금지했거든. 시험을 보고 직장을
구하는 데 쓸모가 없고 방해가 된다는 이유로 말이지. 하지만
진짜 이유는 아이들이 철학을 배워서 교장인 자기한테 이의를
제기하는 것이 싫어서였을 거야. 그 사람은 누가 자기한테 도전
하는 걸 아주 싫어하거든."

"금지했다고요? 철학이 도대체 뭐길래요?"

어설라는 눈빛을 반짝이더니 큰 숨을 들이켜고는 설명했다.

"음, 철학이 무엇이냐? 간단하게 대답할 순 없어. 철학은 세
상 모든 것과 관련이 있거든! 철학이란 모든 것에 질문을 던지
는 일이야. 우리가 확실히 안다고 생각하는 것에 의문을 품는
것이자 자신과 세상을 이해하려는 시도이지. 그건 인류가 가

장 오랫동안 하고 있는 시도 중 하나이고. 또 철학이란 그 어떤 것도 사실이라고 짐작하지 않는 거야. 우주의 법칙이나 우주가 어디에서 왔는지에서부터, 우리가 서로를 어떻게 대해야 하는지, 무엇이 옳고 무엇이 그른지까지 모든 것이 철학의 주제가 될 수 있어. 하지만 단순히 놀라워하는 마음에서 시작되는 것이기도 해. 놀라워하는 마음, 궁금해하는 마음, 열린 마음으로 우리가 처하는 상황들이 얼마나 희한한지를 바라보는 데서 바로 철학이 시작되거든.”

어설라가 어찌나 열정적으로 이야기하는지, 마일로는 그 열정에 곧바로 매료되었다. 그래서 철학이 궁금해졌다.

“우리가 처하는 ‘상황’이라는 게 뭘 말하는 거예요?”

어설라는 정원 주변을 천천히 걷기 시작하면서 섬세한 두 손을 이리저리 움직이며 말했다.

“우리가 인간인 것을 말하는 거야. 이 세상에서 인간으로 존재한다는 건 참 희한하잖아! 안 그래? 너, 나, 우리 모두. 우리 인류가 이 우주에 있다는 것이 말이야. 한번 생각해 봐. 우리가 선택한 것도 아닌데 우린 우주라고 불리는 그 거대한 공간 속에, 그중에서도 태양계의 어느 행성에 존재하고 있잖아. 그 모든 것이 어디에서 왔는지, 무엇으로 만들어졌는지, 우리가 왜 여기에 있는지, 무엇을 하면서 시간을 보내야 하는지, 아

무엇도 모르면서 말이야! 이렇게 수수께끼투성이인 삶을 우리
는 그냥 살아가는 수밖에 없어. 되는 대로 살아가면서 어떻게
사는 게 맞는지 나름대로 답을 찾아보는 수밖에는 없는 거야.
넌 그런 생각 해 본 적 있니, 마일로?"

"네! 저도 가끔 세상 모든 게 정말로 이상하다는 생각이 들
어요."

"이상하지! 희한하지! 터무니없지! 그런데도 우리는 아무렇
지 않다는 듯이 살아가. 게다가 인간은 언어를 쓸 줄 아는 대단
한 능력이 있어. 입으로 소리를 만들고 종이에 글자를 써서 온
갖 개념과 생각과 감정을 서로 나눌 수가 있단 말이야. 그 능력
이 축복이든 저주든, 덕분에 우리는 온갖 질문을 하고 답을 탐
색할 수 있어. 삶에는 의미가 있나? 우리가 죽은 다음에는 무
슨 일이 일어날까? 신은 있나? 있다면 누가 신을 만들었지? 삶
의 목적은 행복하게 사는 것인가? 성공하는 것? 아니면 부자가
되는 것? 자유가 정의보다 중요할까? 왜 세상에는 이다지도 많
은 고통이 있을까? 이런 질문들이 바로 철학적인 질문이야. 이
런 질문을 탐구하는 일은 정말로 재미있어. 난 우리가 왜 이런
이야기를 더 많이 하지 않는지 모르겠어!"

마일로는 커다란 나무가 그늘을 드리운 벤치에 앉아서 어
설라를 올려다보았다. 어설라의 움직임을 따라 자유롭게 고개

를 돌리고, 고개를 끄덕이기도 했다. 마일로는 잠시 몸과 마음이 우주만큼 커다래진 기분이 들었다. 마치 거대한 인간이 되어 우주를 둥둥 떠다니며 행성과 별들을 내려다보는 것 같은 기분, 지구에서 온갖 희한한 일을 하면서 이리저리 뛰어다니는 인간들을 확대해서 내려다보는 기분이었다. 그건 정말이지 즐거웠다.

어설라가 던진 의문 중에는 언어로 표현하거나 누구와 상의해 본 적이 없을 뿐 마일로가 이미 생각했거나 느껴본 의문들도 있었다. 마일로도 방 침대에 누워서 창문으로 별들을 올려다보며 저 너머 우주에는 무엇이 있을까 궁금해했고, 온갖 끔찍한 소식들을 뉴스로 보며 저런 일들이 왜 일어나는지 궁금해했기 때문이다.

어설라는 계속해서 차분하게 걸었다. 얼굴은 잔뜩 신나고 행복해 보였지만, 마일로와 함께 시간을 보내고 있다는 사실을 내내 중요하게 생각하는 것 같았다. 마일로는 세상에 자신뿐인 것 같은 기분, 어설라가 '실제로' 자신과 대화를 나눈다는 기분이 들었다. 대부분의 어른은 사실상 마일로와 대화를 하는 게 아니라 일방적으로 자기 이야기를 하는데 말이다. 지금, 마일로는 자신이 정말로 존재하는 것 같았다.

"알 것도 같아요. 전 언제부터인가 세상을 그대로 받아들이

기만 해야 하고 그 무엇에도 의문을 가지면 안 된다는 압박을 느낀 것 같아요. 하지만 사실 의문을 가질 수 있는 거예요, 그렇죠?"

"당연하지. 바로 그거야, 마일로."

어설라는 이런 이야기를 할 기회를 아주 오랫동안 기다려온 것만 같았다.

"바로 거기에서 철학이 시작되는 거야. 철학이란 우리에게 도대체 무슨 일이 일어나고 있는지를 알아내려는 시도야. 그리고 알고 싶은 마음을 서로서로 이야기해서 '나만 이렇게 궁금해하는 건가?' 하는 외로움과 혼란스러움을 떨쳐내는 것이기도 하지. 누구든 그런 생각이 들 때가 있잖아."

"그런 생각을 남이랑 나눌 수 있다는 것 자체를 몰랐어요. 그냥 혼자만의 비밀스럽고 이상한 생각들이니까 무시하고 '진짜 세상'의 일들에 집중해야 하는 줄 알았어요."

"으, 나는 그럴 때 쓰는 '진짜 세상'이라는 말이 정말 싫어. 도대체 그게 무슨 뜻이야? 철학이야말로 무엇보다 '진짜'에 집중하는 일인데 말이야. 현실의 가장 기본적인 법칙들을 찾으려는 일이니까. 좋은 삶을 사는 방법, 서로를 잘 보살피는 법을 탐구하는 일이기도 하고."

"맞아요, 그런 건 아주 중요한 것 같아요."

"마일로, 인간은 이런 것들을 수천 년 동안 논의해 왔어. 네 마음속에 떠오르는 그 생각들은 이상하지 않아. 이상하기는커녕 가장 인간다운 생각들이야. 요즘은 터놓고 그런 이야기를 할 기회가 없어진 것뿐이지. 나는 사람들이 자기 존재에 대해 놀라워하는 마음을 잃어버렸을까 두려워."

"저, 머리가 터져버릴 것 같아요!"

어설라는 웃었다.

"아주 정상이야, 마일로. 내가 한 말을 전부 이해하지 않아도 돼. 철학은 시간이 갈수록 점차 더 이해하게 되는 것이거든. 더 많이 이야기하고 탐색할수록 점점 더 쉽고 자연스럽게 느껴지는 것이고."

"으아, 다행이다. 앗, 다른 뜻은 아니고요, 그냥 어려워서요. 그러니까 철학이란, 답을 모르는 질문을 던지는 일 같아요. 맞나요?"

"그래, 그것도 좋은 표현이네. 철학이란 커다란 수수께끼 같은 우리의 존재를 궁금해하는 일이라고도 할 수 있어. 우리가 아직 모르는 깊고 깜깜한 곳들을 탐색하고 싶어 하는 일. 그리고 철학은 겸손한 마음이라고도 할 수 있어. 이미 세상 모든 걸 다 알고 있다고 짐작하지 않는 마음이니까 겸손한 것 아니겠어? 또한 철학은 열린 마음이지. 모든 게 우리의 생각과 아주 다를 수 있다는 가능성을 받아들이는 마음 말이야. 그리고 무엇보다도 스스로 생각하게 해주는 도구야. 철학적 질문들의 답은 인터넷으로 검색해도 안 나오니까 말이야."

"그런데요, 그렇게 우주나 삶에 커다란 질문을 던지는 것이 철학이라면, 제가 교장선생님한테 한 말이 어째서 철학이에요?"

"네가 교장선생님의 짐작에 의문을 제기했잖아. 철학은 '짐작에 의문을 제기하는 것'이거든. 우리가 잘 안다고 짐작하는 것, 당연하게 여기는 것에 질문을 던지는 일 말이야. 우리는 매일 자기도 모르는 사이에 많은 짐작을 하면서 살아. 특정한 규칙을 따르고, 사람을 특정한 방식으로 대하고, 세상만사에 특정한 믿음을 품지. 그러면서도 대부분은 남들이 그렇게 한다는 이유만으로 나도 그래야 하나 보다 하고 짐작해 버려. 하지만 너는 그러지 않고 왜 나까지 그래야 하느냐고 물은 거야. 왜 공정한 것 같지도 않은 교사의 말에 따라야 하느냐고. 사람이 아픈 게 눈에 보이는데 왜 우리 눈보다 기계의 시스템을 더 믿느냐고. 안 그래? 그런 걸 묻는 게 철학이야. '그게 진실인지 어떻게 알지?' 하는 물음은 가장 대표적인 철학적 질문이야, 마일로."

"우아, 철학인 줄은 전혀 모르면서도 그런 생각을 늘 했어

요! 다들 우리한테 이거 해라 저거 해라 시키면서도 절대 이유
는 말해주지 않잖아요. 학교에서도, 집에서도요. 전 그게 정말
싫어요."

"철학에서 아주 중요한 것은 남이 진실이라 했다는 이유만
으로 진실이라고 믿어서는 안 된다는 거야. 설사 그 사람이 유
명하거나 힘 있는 사람이어도 마찬가지야. 대신 열린 대화를
통해서 진실이 무엇인지 논의해야 해. 아이와 어른 사이에도
마찬가지야."

마일로는 어쩌면 이 세상을 이해할 도구를 찾았는지도 모
르겠다고 생각했다. 그리고 늘 시키는 대로만 해야 하는 이 환
경에서 치솟는 자신의 생각과 감정을 이해할 수 있는 도구를
말이다.

"철학이란 거, 마음에 들어요!"

"그럴 것 같았어. 네 눈빛에서 보였거든. 하지만 철학을 다
룰 때는 조심할 필요도 있어. 무조건 남이 시키는 일을 거절하
고, 규칙을 다 거부하고, 모든 사람과 언쟁하는 것이 철학은 아
니라는 점에서 말이야. 다른 사람의 말을 잘 들어보는 것도 중
요해. 널 보니 내가 어렸을 때 생각이 나. 나도 너처럼 어리고 호
기심이 많았는데, 그렇다 보니 혼난 적도 많았어. 그러니 조심
해. 나에게 내려진 명령이 정당한가, 왜 명령이 필요한가 묻는

것이 철학이기는 하지만, 꼭 열린 생각과 마음으로 물어야 해. 우리가 지구에서의 짧은 삶을 함께 더 잘 살 길을 찾도록 말이야."

마일로 권력자의 말을 따르는 것이 좋은 때인지, 아니면 의문을 제기하는 것이 좋은 때인지를 어떻게 구분해요?

어설라 좋은 질문이네. 그런데 말이야, 철학에는 쉽고 간단한 정답이 없을 때가 많아. 권위에 의문을 제기하는 것이 좋은 때는 언제인가라는 질문도 마찬가지야. 그 답을 알아낼 완벽한 규칙은 없어. 하지만 우리가 판단력을 키우고 상황을 잘 가늠하려 애쓴다면 무엇이 더 나은지 알아내는 데 도움이 되지!

마일로 그게 무슨 뜻이에요?

어설라 어디 보자……. 너는 아까 교장선생님이 네 친구를 대하는 방식에서 어떤 점이 잘못되었다고 생각했어?

마일로 그냥…… 공정하지가 않았어요. 다른 애들도 다 알아요, 교장선생님이 공정하지 않다는 걸.

어설라 공정한지 아닌지를 어떻게 알 수 있지?

마일로 세라 루이스는 누가 봐도 아픈 애였어요. 그런데 교장선생님은 신경도 안 쓴 거예요. 그냥 두페드 시스렘만 따르려고 한 거예요. 그건 공정하지 않다고 생각해요. 누군가가 몸이 아프면 나아지도록 도와야죠.

어설라 그러면 아픈 사람은 아프지 않은 사람과는 다른 대우를 받아야 해?

마일로 네, 당연하죠.

어설라 그러니까 상황에 따라 그 사람에게 맞는 대우를 해주는 것이 공정함이라는 거구나?

마일로 음. 사실 여태까지는 공정함이란 누구든 똑같이 대우하는 것이라고 생각했어요. 모두가 똑같은 크기의 케이크 조각을 받거나, 똑같은 시간 동안 게임을 할 수 있는 것처럼요.

어설라 그래, 그것이 맞는 때도 많지. 모두가 똑같은 대우를 받아야 할 때가 있어. 하지만 늘 그런 것은 아니야.

마일로 사람마다 그에 맞는 대우를 해주는 것이 공정함이라면, 어떤 사람한테 어떤 대우를 하는 게 맞는지 어떻게 알아요?

어설라 우아. 너 점점 더 이해가 깊어지고 있구나. 그 질문도 만만찮고 커다란 철학적 질문이거든. 그래, 우리들은 늘 어떤 사람에게 어떤 대우가 옳은지를 결정하면서 살아. 친구와 가족은 낯선 사람들과 다르게 대하고, 노인은 젊은 사람과 다르게 대하고, 아이들을 어른들과 다르게 대하고 말이야.

마일로 지금까지는 그런 식으로 생각해 본 적이 없어요. 모든 사람

을 똑같이 대해야 한다고만 생각했어요. 그게 동등한 대우
란 생각이 들어서요.

어설라　그래, 그런 면도 있어. 사람마다 다르게 대하더라도 모든 사
람이 받아야 하는 기본적인 존중도 있으니까. 그래서 '인권'
이라는 것이 있는 거야.

마일로　'인권'이란 말 들어봤어요.

어설라　훌륭하네! 그게 뭔지 말해볼래?

마일로　아, 잘은 몰라요. 그냥 들어보기만 했거든요.

어설라　음, 네가 인간이니까 '인간의 권리'가 무엇일지 네 생각대로
말해봐! 그냥 우리끼리 이야기하는 거니까 마음대로 해보
자. 만약 네가 세상을 직접 만든다면 그 세상에 사는 모든
사람이 가졌으면 하는 권리가 뭐야?"

마일로　음식을 먹을 권리라고 해도 돼요? 좀 웃긴가?

어설라　아니, 전혀. 누구나 죽지 않고 살아가는 데 필요한 기본적인
것을 누릴 권리가 있으니까.

마일로　좋아요. 그럼 음식에 대한 권리요. 집이나 일종의 보호소 같
은, 안전하게 느낄 만한 장소를 가질 권리도요.

어설라　좋아! 계속 좋은 것들만 나오네. 또 뭐가 있을까?

마일로　음, 자기 인생에서 무엇이든 원하는 것을 할 수 있는 권리도
필요할 것 같아요.

어설라   만약에 남을 해치기를 원하는 사람이 있다면?

마일로   좋은 지적인데요. 그럼 남을 해치지 않되 하고 싶은 것을 할 권리라고 할게요.

어설라   한계가 있는 자유구나. 적절한 것 같다. 또 없을까?

마일로   음, 하기 싫은 걸 하지 않을 권리요. 그러니까 하기 싫은 일을 남에게 억지로 시킬 수 없도록 하는 거예요.

어설라   재미있네. 가장 핵심적인 인권 중 하나가 바로 노예가 되지 않을 권리야. 사람을 노예로 삼는 것은 인권에 반하는 일이지. 그렇다면 직장이나 학교 같은 데서 일하고 공부하는 것은 어떻게 생각하니, 마일로?

마일로   저도 그 생각을 하고 있었어요. 아이들을 억지로 학교에 가게 하는 게 정말 공정한 일일까요? 어른한테는 아무것도 억지로 하라고 시키지 않잖아요.

어설라   어른들은 직장에서 일을 하잖아. 가기 싫어도 억지로, 살기 위해서 직장에 가는 게 아닐까?

마일로   그건 달라요. 직장은 원한다면 그만둘 수 있잖아요.

어설라   하지만 그만두면 돈을 벌지 못해서 굶거나 집을 잃을 수도 있는걸. 그런데도 그만둘 자유가 있다고 할 수 있을까?

마일로   아. 정말 그렇네요. 음…… 학교에 왜 가야 하는지까지는 이해가 되는 것 같아요. 그런데 학교는 왜 꼭 그렇게 짜증 나는 곳이어야 할까요?

어설라　사실 학교가 원래부터 그런 곳은 아니야. 실제로 교육은 재
미있고 근사한 경험이 될 수가 있거든.

마일로　어설라가 이 학교 선생님이셨더라면 좋았을 텐데. 그랬다면
저는 어설라에게 배우는 철학 시간을 좋아했을 거예요!

어설라　아아, 나도 그랬더라면 좋았을 거야, 마일로.

마일로는 워치를 보았다.

"엇, 벌써 시간이……. 저녁 먹을 시간인데 왜 알람이 안 울
렸을까요? 저 3분 내로 식당에 가야 돼요."

"이 안에서는 두페드 시스템이 작동을 안 하거든. 내가 확
인했어."

"정말요? 어떻게요? 여기는 뭐 하는 곳이에요?"

"나는 이 학교의 농부야. 채소밭을 책임지고 있지. 이 학교
가 미술, 철학, 음악 수업을 없애기로 했을 때 내가 몇 달 동안이
나 교장과 싸웠는데 쉽지 않았어. 결국 교장의 괴롭힘에 못 이
겨서 학교의 결정을 받아들였어. 교사 자리를 빼앗는 대신 농부
자리를 주더라고. 원만하게 마무리 짓자는 의미에서 말이야."

"여기에는 채소가 없는데요."

"그렇지. 여기는 나만의 비밀 정원이거든. 그러니까 아무한

테도 말하지 마. 채소가 있는 학교 온실은 저 통로로 가면 나와."

어설라는 이 정원에서 빠져나가는 출구를 가리켰다.

"여기 참 좋아요."

"고맙다. 학교 온실에서는 모든 것을 목적에 따라 재배해. 포장하고 팔아서 이윤을 남기기 위해서 키우는 거지. 나는 존재 자체로 아름다운 식물을 키울 수 있는 조용한 장소를 갖고 싶었어."

"이곳에 우연히 들어오게 돼서 다행이에요."

마일로는 자신을 진짜 인격체처럼 대하며 이야기를 나누는 어른을 처음 만나보았다.

"나도 그래."

"교실에서 쫓겨나고 모범교육생들한테서 도망치면 좋은 일이 생기나 봐요."

두 사람은 웃었다.

"이거 웃을 일이 아닌 것 같은데, 마일로. 더는 네가 벌 받을 일이 없었으면 좋겠다."

"최선을 다할게요. 그래도 쉽진 않을 거예요."

"나하고 거래를 하나 하면 어때? 여기에 다시 와서 철학을 배우는 걸 허락해 줄게. 궁금한 건 뭐든 물어봐도 좋아. 그렇게 하면 너는 이 학교에서의 답답함을 안전하게 해소할 수 있을 거고, 나는 아주 오랜만에 철학 수업을 다시 할 수 있어! 대신 너는 학교의 처벌을 받지 않도록 조심하는 거야. 어때?"

이 사랑스러운 작은 정원에 또 와서 어설라와 시간을 보낼 수 있다니, 마일로는 기뻐하며 대답했다.

"좋아요."

마일로는 나가기 위해 일어섰다.

"좋았어! 그리고 우리끼리니까 하는 말인데, 나도 모범교육 생들 보면 소름이 끼쳐."

"모범교육생들은 어딘지 모르게 아주 이상해요."

"정말로 그래. 가끔 나는 이 학교에 의문이 들어."

어설라의 시선이 아득해졌다.

"무슨 뜻이에요?"

"잘은 모르지만 오랫동안 이 학교에 있으면서 좀 이상하다 는 느낌이 들었어. 갓 입학한 아이들은 눈빛도 밝고 희망에 차 있고, 너처럼 기운도 호기심도 가득한데, 몇 년이 지나면 표정 도 생기도 없어져. 질문도 안 하고 놀지도 웃지도 않고."

"저도 느꼈어요! 뭔가 문제가 있는 것 같죠?"

"난 잘 몰라. 어쩌면 내가 너무 옛날 사람이라 그렇게 느끼 는 걸 수도 있지. 자, 이제 너 가봐야겠다!"

“정말로 반가웠어요. 금방 또 만났으면 좋겠어요.”

그 말을 마지막으로 마일로는 다시 깜깜한 벽장을 지나쳐 밝고 빛이 들어오는 복도로 돌아왔다.

마일로는 무빙워크와 나란히, 그 두 배의 속도로 식당으로 달려서 케이티, 세라 루이스와 동시에 자리에 앉았다.

두 친구는 마일로에게 팔을 둘렀다.

여전히 많이 아파 보이는 얼굴로 세라 루이스가 말했다.

“마일로, 너 괜찮아? 입 다물고 있지 그랬어. 그래도 날 위해서 나서줘서 고맙다. 넌 진짜 좋은 친구야.”

“나는 괜찮으니까 걱정하지 마. 그러는 너는 이제 좀 괜찮아?”

마일로는 세라 루이스가 식당에 왔다는 사실이 놀라웠다.

“교장이 너를 보건실에 끝까지 안 보낸 거야?”

“이제 괜찮아. 보건선생님을 귀찮게 할 필요 없어.”

세라 루이스의 말이 끝나자 케이티가 고개를 절레절레하면서 마일로의 물음에 대신 대답했다.

“끝까지 안 보내줬어. 말이 돼? 너무 지독해. 그런데 넌 어떻게 된 거야?”

마일로는 몸을 숙이고 속삭여 대답했다.

“아무한테도 말하지 마. 모범교육생들이 날 쫓아왔는데 내가 마일로 슬라이딩으로 빠져나갔어."

케이티는 어이없어 하며 대꾸했다.

"마일로 슬라이딩? 그런 게 어디 있어."

"대단한 건데. 모범교육생 다리 사이로 빠져나와 달려서, 발코니 난간을 넘어서, 무빙워크를 타고 아래층으로 내려가서, 숨어서…… 비밀의 정원을 찾았으니까."

"뭘 어쨌다고?"

세라 루이스가 정색한 얼굴로 물었다.

"거기서 아주 친절한 여자분을 만났어. 우리 학교의 채소를 재배하는 분. 정말 멋진 분이었어. 나중에 소개해 줄게."

세라 루이스와 케이티가 걱정스러운 눈빛을 나누었다. 케이티가 물었다.

"마일로, 너 지금 지어내는 거지? 그런 거 같아."

"아니야, 맹세해!"

"모범교육생들한테서 도망친 다음에 비밀의 정원에서 여자분을 만났다고?"

"그렇다니까, 케이티."

그러자 세라 루이스는 마일로에게 말했다.

"너 지금 싱글거릴 때야? 수업을 더 빼먹었잖아. 금요일에 중간 평가 시험을 보는 건 알지? 교장선생님은 이제 널 더더욱 싫어하고 모범교육생들은 복수하려 할 거야."

"뭐, 듣고 보니 웃을 때가 아닌 것도 같네. 그런데 난 이 학교를 알면 알수록 우리가 생각하는 것보다 더 나쁜 곳이라는 느낌이 들어. 아무래도……."

세라 루이스가 마일로의 말을 끊으며 날카롭게 말했다.

"마일로, 말도 안 되는 소리 이제 그만해. 그냥 적응해. 다들 그렇게 하고 있잖아. 물론 교장선생님이 매정한 건 사실이지만 천재 교육자잖아!"

세라 루이스가 심술을 부리는 게 아니란 걸 알았다. 세라 루이스는 친구였다. 그래도 마일로는 짜증이 났다.

"알았어. 적응할게."

마일로는 이렇게 대답하며, 이제부터는 아무 말도 하지 않고 혼자서 조사를 하기로 결심했다.

케이티는 덧붙였다.

"세라 루이스 말이 맞을 거야. 전 국민이 훌륭하다고 칭송하는 학교잖아. 자, 여러분, 맛없는 영양죽 한 입씩 하고, 다시 책 펼치기 전까지 편한 시간 좀 보냅시다."

마일로는 못 말린다는 표정을 짓고는 쓰레기 죽 한 숟가락을 떴다.

5

수상한 장비

젊은이를 망치는 확실한 길은
다른 생각을 하는 사람보다
같은 생각을 하는 사람을
더 존경하라고 가르치는 것이다.
— 프리드리히 니체

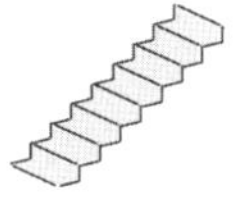

다음 며칠이 별일 없이 흘러갔다. 마일로는 기적처럼 처벌을 면하게 됐는지도 모른다고 생각했다.

'그 모범교육생들이 내가 자기들 다리 사이로 빠져나가 달아났다는 걸 수치스러워하는지도 몰라.'

하지만 이런 공지가 떴다.

"학생 번호 8728473 마일로 몰로니, 오늘 오후 5시 30분에 애그니스 거니 선생님을 만나러 오십시오."

마일로는 가슴이 철렁했다. 소문에 따르면 거니 선생은 교장이 가장 신뢰하는 조언자라고 했다. 모범교육생을 제외하면 교장이 대화를 나누는 모습을 보인 유일한 상대이기도 했다.

5시 30분에 가까워지자 난데없이 모범교육생 두 명이 식당에 나타나 마일로에게 말했다.

“가자.”

마일로가 대답할 틈도 없이 모범교육생들은 마일로를 의자에서 들어 올리더니 마일로의 발끝을 반짝이는 바닥에 질질 끌면서 출구로 끌고 갔다.

“이렇게까지 해야 돼요?”

벗어나려고 버둥거리며 마일로가 물었다. 대답은 없고 마일로를 움켜쥔 힘만 더 세졌다.

거니 선생의 사무실에 도착했다. 모범교육생들이 스마트워치를 누르자 문이 열렸다.

사무실 안은 천장에서 눈이 부시도록 밝은 조명 빛이 쏟아져 마치 병원 같은 느낌이 들었다. 한쪽에는 커다란 금속 책상이 있고 다른 쪽에는 길고 흰 병원 침대가 있었다. 사무실 벽은 이 학교 구석구석을 여러 각도에서 보여주는 모니터 화면, 그리고 실시간으로 업데이트되는 온갖 그래프와 차트로 메워져 있었다.

거니 선생이 한쪽 겨드랑이에 클립보드를 끼고 사무실 가운데에 섰다. 특이한 차림새의 여성이었다. 곧고 짙은 갈색 머리카락이 납작하게 어깨까지 내려왔고, 앞머리는 눈썹을 따라 완벽한 일자를 그렸다. 네모난 빨간 테 안경을 썼는데 안경알에 조명이 비쳐 눈이 잘 보이지 않았다. 그리고 선명한 빨간색 립

스틱을 바르고 선명한 빨간색 재킷을 입었다. 그래서 아주 딱딱하고 빈틈없는 사람처럼 보였다.

"그 아이를 침대에 눕혀. 이번에는 꼭 띠를 채우고."

거니 선생은 마일로는 상대하지도 않고 모범교육생들에게 말했다. 마일로는 밀려드는 두려움을 느끼며 물었다.

"무슨 띠요? 무슨 일이에요?"

"조용히 해라."

"왜요? 저는 죄수가 아니잖아요!"

거니 선생이 움직임을 멈추고 마일로를 쳐다보았다.

"걱정하지 마, 마일로 몰로니 군. 안전을 위해서 그러는 것뿐이니까. 이렇게 우리를 보호해야 검사하는 동안 네가 또 폭발해도 안전하지."

"네? '저'한테서 선생님을 보호하신다고요?"

모범교육생들은 두꺼운 가죽띠를 마일로의 손목과 발목에 둘러 억지로 침대에 묶었다.

"그래."

거니 선생은 건조하게 말했다.

"넌 수업에 지장을 주는 행동 때문에 여기에 왔어. 우리가 그 근본적 이유를 조사하는 동안 너로부터 우리 자신을 안전하게 보호해야 한다."

"그래도 전……."

거니 선생은 마일로를 쳐다보지도 않고 말을 끊었다.

"쉿, 이제 조용히 해. 묻는 말에만 대답해."

다른 누군가가 들어오는 소리가 났다.

"이분은 스타이플사에서 온 볼링턴 교수님이시다."

마일로는 몸 전체가 완전히 묶인 채 천장을 보고 누워 있었다. 머리를 움직일 수가 없었기 때문에 눈부신 빛 속에서 보이는 것이라곤 그림자 같은 두 사람의 형체가 자신을 내려다보고 있는 모습뿐이었다.

"이 아이인가요? 별로 그래 보이지 않는데요."

볼링턴 교수가 물었다. 평생 담배를 피워 온 걸걸한 여성 같았다.

"맞아요. 남자아이, 만 13살. 최근 수업 시간에 못된 성미를 드러냈어요. 교사와 학교 시스템의 권위 모두에 이의를 제기함으로써 수업에서 방출되었습니다."

"흠, 반항성 장애 같군요. 이런 아이들 정말 질색이에요."

볼링턴 교수가 말하자 거니 선생은 얼음처럼 차가운 목소리로 맞장구쳤다.

"네, 전형적인 반항성 장애죠. 이 학교에서 이런 애를 받아들였다는 것 자체가 놀라워요, 전."

“음, 저기요. 말씀하시는 거 다 들리거든요.”

마일로는 말했다. 하지만 아무 대답도 없었다.

“저한테는 아무 문제도 없어요. 장애 같은 것 없어요. 들어만 주시면 그 일들을 전부 다 설명할 수 있어요.”

거니 선생은 마일로의 말을 무시하고 말았다.

“보세요. 대단하네요. 지금도 계속해서 반항하고 권위를 거스르고 있잖아요.”

무시당하거나 함부로 대해질 때, 마일로는 이 세상과 주변 사람들은 점점 커지고 자신은 점점 작은 존재로 쪼그라드는 기분이 들었다. 지금도 자신은 생쥐만 해지고 거니 선생과 볼링턴 교수는 거인이 된 것 같았다. 이렇게 대화를 거부당하면 약하고 힘없는 존재가 된 기분이 들었다. 그리고 화가 났다. 어설라에게 이야기할 때와는 정반대의 기분이었다.

“전 그냥 설명하려는 거예요.”

“쉿. 조용히 해라. 우린 너에게 벌을 주려는 게 아니야. 너를 ‘이해’하려는 거다. 널 치료할 수 있도록 말이야. 너는 고칠 기회가 주어진 것에 감사해야 해. 너처럼 이 학교에 다닐 수만 있다면 뭐든 하려는 아이들이 얼마나 많은지 알지?”

그들은 바퀴 달린 침대를 밀어 벽에서 떨어뜨렸다. 볼링턴 교수와 거니 선생이 마일로의 양쪽에 섰고, 환한 조명이 마일로의 눈을 직접 비추었다.

볼링턴 교수의 숨결에서 담배 냄새가 났다. 거기에 거니 선생의 지독할 정도로 달콤한 향수 냄새가 섞여 마일로는 속이 울렁거렸다.

볼링턴 교수는 말했다.

"자, 무서워하지 마라. 너에게 질병이 있다고 생각해. 너에겐 장애가 있어. 하지만 우리가 도울 수 있어."

"저한텐 그런 거 없어요."

마일로는 반박했다.

"전 그냥 학교에서 처벌을 좀 받은 것뿐이에요. 그건 정상적인 일이라고요."

볼링턴 교수는 기가 막힌다는 듯 말했다.

"참 나! 너는 정상과는 거리가 아주 멀어."

그리고 거니 선생이 말했다.

"지금부터 질문표에 따라 질문할 테니 답을 하렴. 너 최근에 수업에 방해가 된 적 있니?"

"네. 그렇지만……."

볼링턴 교수는 마일로의 말을 끊었다.

"네, 아니오면 충분해."

거니 선생은 질문표의 질문을 이어갔다.

“권위에 불만이 있니?”

“가끔은 있어요. 그런데 그건……..”

“질문에만 대답하라고! 다음 질문. 규칙을 따르는 것에 불만이 있니?”

“항상 그런 건 아니에요.”

“하지만 가끔 그렇다?”

“네, 가끔은요.”

“그럼 ‘그렇다’라고 표기하겠다.”

“다른 학생들의 공부에 방해가 되곤 하니?”

“일부러 그러지는 않아요. 하지만 그런 것 같아요.”

마일로는 자신 없게 대답했다.

“네가 공부를 방해하는 게 그 아이들에게 어떤 의미인지 알고는 있니?”

거니 선생이 점점 더 화가 난다는 듯한 목소리로 말했다.

“이 학교에 다닌다는 게 다른 학생들에게 어떤 의미인지 알고 있어? 그 애들의 부모들에게 어떤 의미인지는? 부모들의 희생을 아난 말이야. 네 부모님의 희생도 마찬가지지. 부모님이 네 행동을 자랑스러워하실 것 같아?”

“그런 생각은 못 해봤어요.”

마일로는 너무 작아져서 사라져버릴 것 같은 기분이 들

었다.

"당연히 그렇겠지. 장애가 있는 아이들은 절대로 그런 생각을 안 하니까."

이때 볼링턴 교수가 통보했다.

"우리는 네 부모님이 어떻게 생각하시는지 알아. 이미 소식을 전해 받으셨다. 그리고 메모를 보내셨어. 읽어줄까?"

"싫다고 해도 읽으실 거잖아요."

"그래, 맞아."

마일로에게

네가 수업을 방해했다니 무척 실망했다. 우리는 너를 그 학교에 보내기 위해 아주 많은 것을 희생했어. 이 기회를 낭비하지 마라. 거니 선생님과 교장선생님 말씀을 따라라. 그냥 얌전히 지내면서 열심히 공부하도록 해.

사랑하는 엄마 아빠가

마일로는 가슴에서 흐느낌이 솟아오르는 것을 느꼈다. 부모의 실망을 전해 듣는 것은 힘든 일이었다.

"이래도 할 말이 있어?"

거니 선생이 물었다.

"모르겠어요. 죄송해요. 하지만 친구가 아팠고……."

볼링턴 교수가 마일로의 말을 끊었다.

"변명에는 관심 없다. 변명하기에는 너무 늦었어."

뒤이어 거니 선생이 말했다.

"네가 불만스럽게 눈동자를 굴린 것, 인상을 찌푸린 것, 고개를 절레절레 저은 것 모두 기록으로 남아 있어. 넌 지시를 받고 권위를 존중하는 데에 확실히 불만을 품고 있어."

"그렇다고 제가 비정상인 건 아니잖아요."

"비정상이야. 대부분의 학생은 이 학교에서 배울 기회를 감사하게 받아들여. 하지만 너는 다르지. 다르고말고. 너는……."

거니 선생은 어떤 기록을 본 다음 말을 이었다.

"음악가가 되고 싶다고? 한심하긴. 이제 그런 유치한 생각은 버리고 철 좀 들도록 해. 공상은 그만하고 현실에 맞게 행동해야지. 헌신적인 학생이 되겠다는 입학 전 서약을 알고는 있니? 너는 서약에 서명을 했어. 스스로 한 약속을 어길 셈이야?"

마일로는 피곤하고 정신이 없었고 머리가 아팠다. 아주 오랫동안 심문을 받은 것 같은 기분이었다.

"문제는 반항성 장애가 있는 너를 어떻게 처리하느냐 하는 건데……."

거니 선생은 혼잣말했다. 그때부터 거니 선생과 볼링턴 교수는 마치 마일로가 거기에 없는 것처럼 둘이서 대화를 나누기 시작했다.

"'처리'를 하기에 적절한 아이일까요?"

거니 선생이 묻자 볼링턴 교수가 대답했다.

"아니라고 봅니다. 저야 이 아이를 '처리'하면 더없이 좋겠지만, 장치가 아직 준비되어 있지 않습니다. 이 아이는 아직 너무 반항심이 많습니다."

"그건 좀 말이 안 되는데요. 이런 문제아들을 고치는 게 목적 아닙니까?"

"그렇지만 이런 아이들은 '처리'에 시간이 더 오래 걸립니다."

거니 선생은 짜증이 나는 듯 물었다.

"그럼 언제 됩니까? 올해는 준비된다고 약속을 받았는데요. 우수 학교를 선정하는 시기에 늦지 않아야 합니다."

"확답을 드리기가 어렵습니다. 이건 엄청난 영향력을 지닌 중대한 장비입니다. 서둘러선 안 됩니다. 교장선생님께서 충분히 기다려 주셔야 합니다."

"기다리는 건 교장선생님이 잘하시는 분야가 아니라는 것, 아실 텐데요."

마일로의 머릿속은 짙은 안개가 채워진 듯이 흐렸다. 나는 정말 반항성 장애가 있는 것일까?

가끔 남들과 다르다는 기분이 들기는 했다. 하지만 비정상이라는 느낌이 들진 않았다.

문득 어설라와 나누었던 대화가 떠올랐다. 어설라가 깊은 관심을 갖고 마일로의 이야기에 귀를 기울였던 것이 말이다. 어설라는 질문을 하는 것도, 권위에 이의를 제기하는 것도 나쁜 게 아니라고 했다. 오히려 중요한 일이고, 그것이 바로 철학이라고 했다.

그 생각을 하자 불안이 잠시 달래졌다. 마일로는 다시 대화에 귀를 기울였다.

"좀 더 약한 애들한테는 효과가 좋습니다. 하지만 정신력이 강한 아이들한테는 훨씬 시간이 많이 걸려요."

"교장선생님이 상당히 불만스러워하실 겁니다."

거니 선생의 말에 볼링턴 교수는 대답했다.

"죄송하지만 저희는 확실히 준비되었다고 판단할 때까지는 그 장비를 쓰지 않을 겁니다. 저희 회사의 이름이 걸린 일입니다."

"저희 학교의 이름은 생각 안 하십니까? 무엇이 달려 있는 일인지 알기는 하십니까? 세계 일등 학교 타이틀이 달려 있단 말입니다."

"저희도 시간을 맞추려고 정말로 쉬지 않고 일하고 있습니다."

"어떻게든 해내세요."

이렇게 쏘아붙인 거니 선생은 다시 마일로를 향해 말했다.

"너는 이걸 경고로 생각해라. 시키는 대로 하는 법을 배우지 않으면 너는 실패할 거다. 이 학교에서뿐 아니라 인생에서도 말이다. 너의 진정한 잠재력을 깨우려면 엄격한 교육과 희생과 순종이 필요하다. 너 자신을 위해서 앞으로는 시키는 대로만 하고 질문은 하지 마라. 안 그랬다가는 끔찍한 결과를 맞게 될 거다. 알아들었니?"

"네, 선생님."

마일로는 예의 바르게 대답했다.

"자, 그 첫걸음은 너한테 문제가 있다는 것을 인정하는 거다. 그러니 내 말을 따라 해라. '나는 문제가 있습니다. 나는 정상이 아닙니다. 나는 나아야 합니다.'"

앞도 보이지 않고 혼란스럽고 너무나 지친 마일로는 그저 여기에서 벗어나고 싶은 마음에 거니 선생의 말을 따라 했다.

"나는 문제가 있습니다. 나는 정상이 아닙니다. 나는 나아야 합니다."

모범교육생들이 마일로를 묶었던 두꺼운 가죽띠를 풀고 마일로를 들어서 침대에서 내렸다. 그리고 마일로를 사무실에서 복도로 내보내 주었다. 마일로는 모범교육생들과 함께 복도로 나서며 손목을 문질렀다.

모범교육생 한 명이 말했다.

"늦지 않도록 지금 당장 자습실로 가라. 그리고 교복을 제대로 입어라. 완벽하지 않다."

모범교육생은 걷어 올린 마일로의 소매를 가리켰다. 참아 줄 기분이 아닌 마일로는 이렇게 쏘아붙였다.

"그쪽 교복도 마찬가진데요."

마일로는 손을 뻗어 모범교육생의 점퍼 속 넥타이를 밖으로 뺐다. 모범교육생이 고개 숙여 넥타이를 확인하자 마일로는 손가락으로 그의 턱을 살짝 튕겼다.

표정은 전혀 변하지 않았지만, 모범교육생은 마일로 쪽으로 움직이기 시작했다. 마일로가 모범교육생의 뒤를 가리키며 말했다.

"앗! 우리의 존경하는 교장선생님이시잖아. 엇, 교장선생님이 모범교육생분들한테 화가 나신 것 같은데요."

모범교육생들이 곧바로 뒤돌아보자 마일로는 그 틈에 반대 방향으로 도망쳤다.

그렇게 달아나던 중, 마일로는 복도에서 문 하나가 조금 열려 있는 것을 발견했다. 작은 말소리가 들려왔다. 이 학교에 화가 나 있는 마일로는 그 내용을 엿듣고 싶었다. 문틈을 몰래 들여다본 마일로는 소스라치게 놀라 뒤로 물러났다. 한 학생이 공중에 둥둥 뜬 채로 돌고 있었기 때문이다.

작은 목소리는 다름 아닌 두페드의 부드럽고도 기분 나쁜 목소리였다. 같은 말이 반복해서 재생되는 것 같았다. 문틈을 다시 들여다보았을 때, 마일로는 자신이 방금 본 것이 진짜 사람이 아니라 홀로그램이었다는 것을 알게 되었다. 학생의 홀로그램이 공중에서 돌아가고 있고, 그 모습이 여학생, 남학생으로 번갈아 가며 바뀌고 있었다. 홀로그램 옆의 네모 속에는 단어와 문장들이 나열되어 있었다. 마치 생물 수업 공책을 그대로 가져온 것 같았다. 다만 그 단어들은 동물의 해부학적 구조 특징이 아니라, 이 학교 학생들의 특징을 말하고 있었다.

순종적이다.
다루기 쉽다.
차분하다.
능률이 높다.
집중을 잘한다.

믿을 수 있다.

어느새 홀로그램은 학생의 모습에서 이 학교의 모습으로 바뀌었고, 다시 어느 공장에서 일하는 노동자 수천 명의 모습으로 바뀌었다. 이어서 두페드의 목소리가 마일로에게 또렷하게 들렸다.

최첨단으로 발전된 우리의 인적자원을 경험하세요.
완벽한 일꾼을 생산해 내는 초고효율 시스템입니다.
군사, 생산, 기술 직종에 아주 좋습니다.
우리가 제공하는 인력은 휴식 시간이나 임금인상을 요구하지 않습니다. 절대로 일을 그만두지 않고 파업을 하지도 않습니다.
더 자세한 정보를 얻으려면 애그니스 거니에게 문의하세요.

마일로는 눈이 휘둥그레져서 입을 벌리고 서있었다. 마치 텔레비전 광고모델이나 영업 직원이 상품을 홍보하는 말투였다. 하지만…… 학생을?
그때 좀 더 신나게 바뀐 말투로 이런 말이 들려왔다.

곧 선보입니다! 리듀콘6000.

더 많은 학생을 더 빠르게 처리하여, 더없이 성실하고 능률 좋은 일꾼으로 바꾸어놓는 획기적인 장비입니다. 자세한 내용은 애그니스 거니에게 문의하세요.

'도대체 이게 다 뭔 소리지? 이게 거니 선생과 볼링턴 교수가 이야기하던 장비인가?'

그때 볼링턴 교수와 거니 선생이 사무실에서 나오는 소리가 들렸다. 마일로는 힘껏 달려 겨우 늦지 않고 자습실에 도착했다.

마일로는 이 이야기를 아무에게도 하지 않았다. 케이티와 세라 루이스는 마일로의 말을 믿지 못할 것이 분명했다. 아직 증거도 없고, 마일로 스스로도 자신이 본 것이 무슨 의미인지 알 수 없었다.

밤새 마일로의 머릿속은 생각으로 가득했다. 홀로그램, 상품 광고 같던 말들, 볼링턴 교수와 거니 선생이 쓰던 '처리'라는 말.

'이 학교에서 도대체 무슨 일이 일어나고 있는 거지?'

마일로는 그 일이 무엇이건, 나쁜 일이 분명하다는 확신이 들었다.

어설라와 이야기를 나누고 싶었다. 마일로의 말을 헛소리로 여기지 않고 귀 기울여 줄 만한 유일한 사람과 말이다.

너는 철학자의 영혼을 가졌어

철학적으로 사색하지 않고 살아가는 것은
감은 눈을 뜨려 하지 않는 것과 같다.
— 르네 데카르트

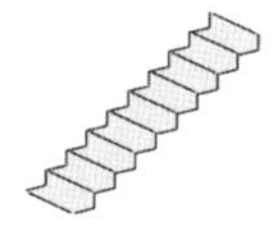

마일로는 다음 날 모두가 자습하는 사이에 어설라를 만나러 갔다. 한 달에 한 번 수업 대신 자습 시간이 있는 금요일이었다. 마일로는 복도에 아무도 없음을 확인한 후 그 정원으로 들어갔다. 어설라는 앉아서 무언가를 읽고 있었다.

"왔구나, 마일로. 마침 네 생각을 하고 있었는데 말이야. 누가 물어볼 것에 대비해서, 네가 내 채소 재배를 돕고 있다고 말을 맞추자."

"그 말을 믿을까요?"

"믿을 거야. 한때 여기에 와서 자원봉사를 하는 학생들이 많았거든. 지금은 다 없어졌지만 말이야. 이제는 나한테 특별히 신경을 쓰는 사람이 없으니까 아무 문제 없을 거다. 그런데 너, 괜찮니? 기분이 처져 보이는데."

"어제 거니 선생님이랑 볼링턴 교수님이 저를 검사했어요."

"검사? 왜? 검사 결과는 뭐라니?"

"반항성 장애요. 저한테 문제가 있대요. 그래서 문제를 일으
킨대요."

마일로는 고개를 숙였다.

"터무니없는 소리."

어설라는 의자에서 일어섰다.

"말도 안 되는 소리야. 너는 건강하고 똑똑하고 섬세하고
씩씩한 아이야! 그런 말은 조금도 귀담아듣지 마라."

"저는 저한테 문제가 있다는 느낌이 안 들어요."

"당연하지. 문제가 없으니까! 오랫동안 아이들을 가르친 내
가 알아. 너한테는 아무 문제도 없다, 마일로. 그러니까 그런 이
야기에 영향받지 마. 네가 스스로를 나쁘다고 느끼도록 만드는
게 그들의 수법이야. 네가 자신감이 사라진 나머지 마음의 안
정을 찾아 시스템에 복종하도록 만드는 거라고."

"그런데 왜 저한테는 다른 애들보다 혼날 일이 더 많이 생
길까요?"

"그건 네가 철학자의 영혼을 가졌기 때문이야. 너는 질문하
기를 좋아해. 세상 많은 것들이 왜 그런지를 알고 싶어 해. 그
건 좋은 거야. 인류 역사에서 모든 변화와 진보가 바로 그런 마

음 때문에 일어난 거니까!"

"정말요?"

"그래. 인류가 현실에 아무런 의문을 가지지 않았다면 어떻게 되었겠어? 현실이 달라질 수 있다는 걸, 더 나아질 수 있다는 걸 보여주는 용감한 사람들이 없었다면 어떻게 되었겠어? 그랬다면 우리는 아직도 야만과 잔인함, 노예와 억압의 시대 속에서 살고 있었을 거야. 그랬다면 아직도 여자에게는 투표할 권리가 없었을 테고 아이들은 공장에서 일했을 거고 사람들은 여전히 노예를 부렸겠지. 우리의 현실이 나아지는 것은 오직, 현실이 왜 이래야 하냐고, 왜 달라질 수 없냐고 묻는 사람들이 있기 때문이야."

"그래도 그렇게 생각하기는 어렵더라고요."

"아주 어렵지. 권력을 쥔 이들은 언제나 권력을 유지하고 싶어 하고, 그러기 위해 무엇이든 하려고 하거든. 그들이 쓰는 가장 위험한 무기는 군대도 경찰력도 아니고, 바로 사람들의 생각을 통제하는 거야. 현실은 절대 달라질 수 없다고 생각하게 만드는 거지."

그 순간, 마일로는 무슨 이야기를 하려고 왔는지를 떠올렸다. 그래서 거니 선생과 볼링턴 교수가 '처리'라는 말을 쓴 것을, 자신이 본 홀로그램과 상품 광고 같던 음성 내용을 모두 어설라에게 이야기했다.

"허…… 그거 참 이상하다. 혹시 학생들이 일자리를 찾도록 도와주는 마케팅 캠페인 같은 걸까?"

"그럴 수도 있지만 분명 '주문하라' 어쩌고 하는 말이 있었어요. 쇼핑처럼요. 그리고 '리듀콘'이라는 것도 있다고 했어요. 그게 대단하고 새로운 기술인데 학생들을 순종적으로 만들고 능률을 높여 준대요."

"이 학교의 모범교육생들처럼 만든다는 거네."

"맞아요. 저는 모범교육생들처럼 되고 싶지 않아요, 어설라."

"그럼, 그래서는 안 되지."

"어설라는 그게 무엇인 것 같으세요?"

"정말 나도 모르겠다. 만약에 정말로 학생들을 판매하고 있는 거라면 중대한 범죄행위야."

"누군가에게 말해야 할까요?"

"아직은 너무 이르다고 생각해. 일단은 그 내용을 잘 적어두고, 좀 더 알아낼 수 있는지 두고보자."

"알겠어요."

대답은 했지만 마일로는 조금 실망스러웠다. 어서 뭐든 하고 싶었기 때문이다. 어쩌면 복수도 약간. 마일로는 어설라를 믿었지만 어설라가 아직도 조금은 교장을 두려워하는 것을 느낄 수 있었다.

"마일로, 만약 정말로 그들이 더 많은 모범교육생을 만들려고 하는 거라면, 철학이 너 자신을 지키는 데 도움이 될지도 몰라."

"어째서요? 철학이 어떻게 도움이 돼요?"

"철학을 하는 건 수동적인 로봇이 되는 것과는 정반대되는 일이거든. 이의를 제기하고, 질문을 하고, 무엇이 옳고 무엇이 그른지, 무엇이 참이고 무엇이 거짓인지를 알려고 적극적으로 생각하는 일이야. 철학을 하면 남이 말하는 걸 고스란히 받아들이기만 하지 않고 스스로 생각하게 되지."

"그렇다면 우리, 철학을 더 해요! 종일 교장의 명령이나 따르는 모범교육생처럼은 절대 되고 싶지 않아요, 으으."

"그래, 그러자! 내가 생각을 해 봤는데 말이야, 철학을 하는 가장 좋은 방법은 대화인 것 같아. 나는 여기에 서서 일방적으로 너에게 가르치고 싶지 않아. 이미 너는 평소에도 이렇게 생각해라, 저렇게 생각해라, 하고 가르치는 것을 듣기만 해야 하잖아. 안 그래?"

"그렇죠."

"그러니까 우리가 함께 철학을 할 방법은 바로 그거야. 대

화. 난 벌써 어떤 주제로 대화를 하면 좋을지 생각이 떠오르는
데! 준비됐니?”

“네!”

어설라   이 학교가 사용하는 기술에 관해서 이야기했지? 그래서 첫
       번째 철학적인 질문은 이것으로 하고 싶어. ‘기술은 우리에
       게 이로울까?’

마일로   네, 물론이죠. 기술은 아주 좋은 거예요.

어설라   왜 그렇게 생각해?

마일로   사람들이 전화, 노트북, 컴퓨터 같은 것들을 이용해서 더 편
       하게 살잖아요. 기술이 있기 전에는 도대체 어떻게 살았을
       까 싶을 때도 있어요.

어설라   너는 기술이 현대의 것이라고 생각해? 요즘 사람들이 기술
       을 처음으로 이용하는 인류라고 말이야?

마일로   네, 그럼요. 기술은 아주 새로운 것이잖아요. 아빠는 자기
       가 어릴 땐 이런 기술이 하나도 없었다고 자주 이야기하시
       던데요.

어설라   그래도 잘 지내신 것 같지. 안 그래?

마일로   맞아요, 아빠도 그렇게 말씀하세요. 하지만 분명 더 힘들었
       을 거예요. 그땐 인터넷도 없고 우리가 지금 누리는 것들을

할 수 없었으니까요.

어설라 예를 들면?

마일로 지금은 밖에 있다가 집에 가야 하면 엄마한테 차로 데리러 와 달라고 문자를 보내면 되잖아요. 숙제를 하다가 답을 모르겠을 때는 인터넷으로 검색을 해보면 되고요. 그런데 옛날 사람들은 그런 걸 못 했잖아요.

어설라 맞아. 하지만 한 가지 짚어보고 넘어가자. 기술이라는 것이 정확히 무엇일까?

마일로 에이, 쉽죠. 기술은 전화기나 노트북이나 컴퓨터 같은 거예요.

어설라 좋아. 그러면 그것들의 공통점은 뭐야?

마일로 전부 다 통신과 관련된 것들이네요. 우리가 소통을 할 수 있게 해주고, 무언가를 찾을 수 있게 해주고, 게임도 할 수 있게 해줘요. 그러니까, 재미있는 거예요. 제 말이 맞나요?

마일로 틀린 건 아니지. 그런데 우리는 지금 까다로운 질문을 파헤치고 있으니까 뚜렷하고 쉬운 답이 있는 게 아니거든. 자, 그러니까 넌 기술이 소통을 위한 것이고, 무언가를 찾게 해주는 것이고, 재미를 위한 것이라는 거지?

마일로 네, 맞아요.

어설라 그럼 책은 어때? 책도 네가 방금 말한 특징에 딱 들어맞잖

아. 그러면 책도 기술인가?

마일로   네에? 책이요? 전혀 아니죠! 책은 기술이랑은 완전히 반대예요.

어설라   어째서?

마일로   어떻게 설명해야 할지는 잘 모르겠는데……. 책은 불이 들어오지도 않고 삑삑 소리가 나지도 않고 충전을 하지도 않잖아요.

어설라   그래도 책은 우리가 무언가를 찾는 데 도움이 되지 않아? 그리고 가끔 재미있지 않니? 그리고 소통을 하는 데 사용할 수 있지 않아?

마일로   음. 네, 어떤 내용을 찾을 수도 있고 재미있기도 해요. 그런데 엄마한테 책으로 전화할 수는 없잖아요!

어설라   (웃으며) 그 말은 맞네. 하지만 그렇다고 해서 책으로 소통할 수 없는 것은 아니잖아. 누군가 그 책을 지었으니 그 책의 지은이는 우리와 소통을 하는 게 아닐까?

마일로   아아아, 그렇게는 생각을 못 해봤는데 정말 그렇네요. 지은이는 그 책을 읽는 모든 사람과 소통을 하는 거예요. 단체 채팅방처럼요. 메시지를 하나 보내면 여러 사람이 동시에 읽으니까요.

어설라   그래, 그렇네!

마일로　어, 그러면 책도 기술이라는 얘기가 되는 거예요? 그렇게 생각하니까 어쩐지 좀 이상하게 느껴져서요.

어설라　그래, 책도 기술이란 얘기가 되지. 왜 아니겠어? 소통하고 정보를 나누려고 발명해 낸 것이 책이잖아. 내가 그랬지? 철학은 늘 열린 마음을 갖는 것이라고?

마일로　네, 알았어요. 그런데 저는 기술은 전자제품이나 전력이 필요한 것이라고만 생각했어요.

어설라　그래, 그렇게 생각하는 것도 이해가 돼. 하지만 그런 것은 현대 기술에만 해당되는 것 같아. 아까 했던 네 아버지 이야기를 다시 생각해 봐. 아버지의 어린 시절에 있었던 것 중에 우리가 기술이라고 부를 만한 것이 있을까?

마일로　음. 티브이, 냉장고, 카메라, 전자레인지, 세탁기, 그리고 자동차? 이런 것도 기술일까요?

어설라　그렇지, 기술이라 할 수 있지. 하지만 티브이를 빼면 그것들이 어떤 내용을 찾거나 재미를 느끼거나 소통을 하는 데 도움이 될까?

마일로　아니요.

어설라　그렇다면 기술이 소통을 위한 것에 국한되지 않는다는 뜻이겠네. 그러면 우리는 무엇을 기술이라고 하는 걸까?

마일로는 손가락으로 턱을 두드렸다. 입학 후 오랫동안 교
장이 주입하는 정보를 받아들이기만 하다가 이런 식으로 생각
하는 것이 아주 신이 났다.

마일로　음, 전부 우리가 뭔가를 훨씬 빠른 속도로 하게 도와줘요.

어설라　좋은데. 그것이 기술의 정의가 될 수도 있겠다. '기술이란,
　　　　　무언가를 좀 더 효율적으로 해내고 싶어서 인간이 만들어
　　　　　낸 것이다'.

마일로　맞는 것 같아요. 그 정의대로라면 많은 것들이 기술이에요.

어설라　예를 들면?

마일로　비행기도 그렇고 배, 자동차, 버스, 자전거, 그리고 옷과 집,
　　　　　그 외에도 우리가 무언가를 할 때 도움이 되도록 개발해 낸
　　　　　모든 것들이요.

어설라　그래, 그렇겠네. 그러면 컴퓨터와 도로는 뭐가 다를까? 둘
　　　　　다 우리가 하는 일에 도움이 되도록, 인간의 지식과 지구의
　　　　　물질을 이용해서 만들어낸 것 아니야?

마일로　네, 맞아요. 그래도 컴퓨터는 도로보다 훨씬 복잡하잖아요.

어설라　그래, 세상에 관한 지식이 많아질수록 더 복잡하고 힘센 기
　　　　　술을 만들어낼 수 있긴 해. 망치나 바퀴 같은 간단한 도구
　　　　　도 만들 수 있지만 인터넷처럼 복잡한 것도 만들 수 있으니

까. 하지만 하나같이 공통점이 있어. 세상 속 우리의 힘을 키우기 위해 만들어냈다는 것.

마일로 음. 기술에 대해서 생각할 게 이렇게 많을 줄은 정말 몰랐어요.

어설라와 대화를 나누다 보니 또다시 상상이 뭉게뭉게 피어나기 시작했다. 마일로는 어설라와 함께 지구 위를 날아가는 상상, 과거로 시간을 거슬러 올라가는 상상에 빠졌다. 인간이 처음으로 돌멩이를 도구로 쓰려고 집어 드는 모습을 보았다. 또 바퀴를 처음 발명하는 순간을 보았고, 그다음으로 도로를, 수레를, 창을, 총을, 기차를, 공장을, 병원을 만드는 순간들과, 시간이 지나 결국 컴퓨터, 스마트폰, 무인비행체, 레이저를 발명하는 순간들을 보았다. 상상의 눈으로 말이다.

마일로는 생각했다.

'철학을 하니 정말로 세상을 보는 눈이 바뀌네. 시간을 더 큰 단위로 느끼고 생각하게 돼. 마치 인류 전체를 드높은 곳에서 내려다보는 것 같아.'

이상하지만 근사한 일이었다!

어설라 처음 질문을 기억해 보자. 기술이 우리에게 이로운가, 이롭지 않은가 하는 질문이었지.

마일로 기술은 확실히 이롭죠. 방금 짚어본 것처럼 기술 덕분에 우리가 할 수 있게 된 일들이 정말 많잖아요.

어설라 그렇지. 분명 기술 덕분에 우린 훨씬 많은 것들을 할 수 있어. 하지만 그게 언제나 좋기만 할까?

마일로 뭐, 대부분은요. 그런 것 같아요.

어설라 그럼 세상을 더 나빠지게 만든 기술의 예도 들어볼 수 있겠어?

마일로 음, 총이랑 폭탄이요. 그런 것을 만들었기 때문에 사람이 죽고 많은 것이 파괴되었으니까요. 그런 걸 이용해 힘이 더 세질 수도 있지만, 그것도 나쁜 일일 수 있어요.

어설라 아주 좋은 지적이야, 마일로. 기술은 좋은 데 사용할 수도 있지만 나쁜 데 사용할 수도 있으니까.

마일로 네. 그런데 약을 생각해 보면요, 그건 정말로 항상 좋은 거였어요. 사람이 더 오래, 더 건강하게 살게 도와주잖아요.

어설라 그렇지. 그러니까 나쁜 기술도 있고, 좋은 기술도 있고, 그 사이에 있는 기술도 있다고 볼 수 있겠다. 그런데 이게 우리의 처음 질문에 대답이 되진 않는 것 같다, 그렇지?

마일로 네. 그래도 제가 이 주제를 더 잘 이해하게 된 것 같아요.

어설라 무슨 뜻이야?

마일로 첫 질문은 '기술이 우리에게 이로운가?'였잖아요. 아마도 간단한 정답은 없는 것 같아요. 전 이제 기술이 그 자체로는 좋지도 나쁘지도 않다는 생각이 들기 시작했어요. 우리가 어떻게 쓰느냐에 달려 있는 거예요. 망치를 가지고 집을 지을 수도 있지만, 누군가의 머리를 때릴 수도 있으니까요.

어설라 훌륭한 이야기다.

마일로 그리고 전화해서 친구한테 힘내라고 격려할 수도 있지만 못된 말을 해서 괴롭힐 수도 있어요. 그러니까 전화기는 원하는 어떤 방식으로든 사용할 수 있는 물건이에요.

어설라 정말 예리한 관찰이다. 현명해, 마일로.

마일로 그런데 우리가 어떻게 쓸지가 이미 정해진 기술도 있는 것 같아요.

어설라 더 자세히 얘기해 봐.

마일로 음, 폭탄으로 할 수 있는 좋은 일은 별로 없잖아요.

어설라 그렇지.

마일로 그러니까 어떻게 쓰느냐에 달려 있기만 한 게 아니라 원래 어떤 용도로 만들었느냐에 따라 결정되기도 하겠죠?

어설라 나는 여태 그런 식으로 생각해 본 적이 없지만, 네 말이 맞다, 마일로. 도구가 완전히 중립적인 것은 아니야. 그 도구를 만든 목적에 따라서 사람들이 특정한 방향으로만 사용할 수도 있겠어.

"자, 이제 너 저녁 먹으러 가야 할 시간이다, 마일로. 오늘 대화는 정말로 좋았어. 질문을 파고들고 여러 생각을 가볍게 주고받다 보니, 분명한 정답은 나오지 않았지만 더 잘 이해하게 되었지?"

"완전히요. 그리고 재미있었어요!"

마일로는 껑충 일어나 가방을 집어 들고 문으로 갔다.

"저, 제 친구들도 한번 데려와도 돼요?"

"글쎄. 그건 잘 모르겠다, 마일로. 지금도 위험해서 말이야."

"같이 채소밭에서 자원봉사 한다고 말해도 안 될까요?"

"그래. 우리끼리 몇 번 더 모여도 별일 없으면 그땐 괜찮지 싶어."

"알았어요! 같이 오자고 말해볼 친구들이 있는데……. 우선은 그 애들을 설득부터 해야 해요."

"그래. 문제 생기기 전에 어서 뛰어가."

마일로는 서둘러 식당으로 갔다.

달라진 아이들

의심하는 건 유쾌하지 않지만,
확신하는 건 어리석다.
— 볼테르

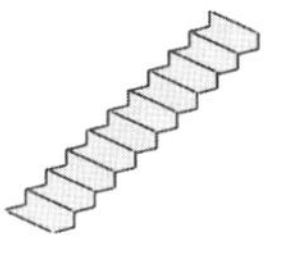

"좋은 아침입니다, 여러분. 최고를 향해 끊임없이 행진하고 있는 우리에게 멋진 새 소식이 몇 가지 있습니다."

마일로는 어이없다는 표정이 나오는 것을 간신히 참았다. 마일로가 앉은 식탁에는 리엄과 제리, 케이티와 세라 루이스도 함께 앉아 끈적끈적한 아침밥을 떠먹고 있었다. 표정을 보니 이 안내 방송에 냉소적인 감정을 느끼는 것은 리엄과 제리도 마찬가지인 듯했다.

"이번 주에는 중국 총리를 포함한 세계의 지도자들이 특별한 귀빈으로 우리 학교에 오십니다. 우리 학교의 동반자, 스타이플사의 담당자들도 와서 동쪽 부속 건물의 공사 진행 상황을 점검할 것입니다. 모범교육생들은 '국가 공인 평가'를 위한 사전 시험을 볼 것입니다. 이 용감한 전사들을 응원합니다. 우리는 여러분을 믿습니다. 또 다른 소식으로는······."

방송은 계속되었다. 이 학교에서 일어나는 멋지고 놀라운 일을 두페드의 목소리가 차례차례 알렸다. 그 내용이 그려 보이는 이 학교는 마일로가 매일같이 직접 겪는 학교와 너무나 달라 같은 학교라는 것을 믿기가 어려웠다.

"폴 패트릭은 어디 갔어?"

폴 패트릭이 식당에 없는 것을 발견한 마일로가 물었다. 폴 패트릭이 처음으로 엉덩이에 전기충격을 받은 이후, 마일로는 그 일이 제 책임 같아서 그 애를 보호해야 한다는 기분을 느껴 왔다.

"모르겠어. 아픈가?"

리엄이 쓰레기 죽을 세 그릇째 마구 먹으며 대답했다.

"어제도 수업에 안 들어왔는데."

제리가 말했다.

"흠, 이상하네."

케이티가 긴 곱슬머리를 꼬며 말했다.

"나는 솔직히 없는 줄도 몰랐어."

세라 루이스가 이번 주 중간 평가 시험을 위해 필기를 복습하며 말했다. 세라 루이스는 상을 받은 적도 있는 자신의 필기를 아주 자랑스러워했다.

마일로는 말했다.

"나도 폴 패트릭이 없는 걸 이제야 알았어. 어쩌면 걘 정신을 차리고 이 학교를 탈출했는지도 몰라."

"마일로, 쉿!"

세라 루이스는 마일로를 조용히 시키고 다른 아이들은 웃음을 참았다. 주변을 떠도는 드론을 늘 신경 쓰고 있었다.

교실로 가는 길에 마일로는 목소리를 낮춰 대화하는 교장과 거니 선생을 발견했다. 마일로에게 들리는 내용은 이것뿐이었다.

"기다릴 만큼 기다렸어. 실험 대상이 있는데 뭘 망설여. 어서 '처리'를 시작해!"

교장은 화가 난 듯 가버렸고, 거니 선생은 한눈에 보기에도 속상해 보였다. 마일로는 거니 선생이 감정을 드러내는 모습이 낯설었다. 하지만 마일로와 눈이 마주친 거니 선생은 재빨리 표정을 추슬러 딱딱하고 빈틈없어 보이는 평소의 모습으로 돌아갔다.

아이들은 교실로 들어왔다. 교장이 아이들 하나하나를 매섭게 노려보면서 교실을 둘러보았다. 아이들은 다들 근육 하나 움직이지 않았다. 교장은 불만스러운 끙 소리를 내고는 말했다.

"'세계 학교 순위 평가 위원회'가 고작 몇 달 후면 우리 학교에 올 거다. 그런데 아직도 중간 평가 시험을 통과 못 하는, 정신 못 차리는 것들이 있어."

마일로는 생각했다.

'무슨 소릴 하려는 거야?'

"우리는 더 잘해야 한다."

교장은 마치 학생들이 아니라 자기 스스로에게 말하는 것 같았다.

"우리는 일등이 되어야…… 너 이 녀석!"

교장은 손에 든 체벌봉으로 앞줄에 앉은 콘수엘라를 가리켰다.

"넌 무슨 숨을 그렇게 크게 쉬어? 숨소리 때문에 돌아버릴 지경이다. 네 부모는 숨 제대로 쉬는 법도 안 가르쳤어?"

콘수엘라는 그 자리에서 어찌할 바를 몰랐다. 결국 콘수엘라는 교장이 신경 쓰지 않을 때까지 숨을 참았다.

"자, 이제부터 수업 진도를 나가겠다."

아이들은 또다시 마음의 준비를 했다. 되풀이해서 달달 외워야 하는 사실과 숫자와 법칙들이 쏟아질 터였으니 말이다.

폴 패트릭은 다음 며칠도 전혀 보이지 않았다. 이상한 일이었다. 누가 이렇게 결석을 길게 한단 말인가.

마일로는 걱정이 되었다. 폴 패트릭은 강한 편이 아니었다.

이 아이가 사라졌다는 것을 어설라에게 말하고 싶었다.

하지만 다음 날, 아무 설명도 없이 폴 패트릭이 다시 교실에 나타났다. 마일로는 교실에 들어서자마자 교장의 바로 옆에 서서 그를 올려다보고 있는 폴 패트릭을 발견했다.

"내 구두를 닦아라."

교장이 말했다. 그러자 폴 패트릭이 망설임 없이 무릎을 꿇고 두 손으로 바닥을 짚더니, 교장의 흠 없이 까만 가죽 구두를 제 교복 소매 끝으로 닦는 게 아닌가.

"잘했다, 아주 잘했어."

교장은 마치 강아지에게 말하듯 폴 패트릭에게 말했다.

"이제 네 자리로 가서 집중해라. 알겠어?"

"네, 교장선생님. 실망시키지 않겠습니다. 저는 교장선생님의 명령을 따르는 것이 자랑스럽습니다."

곧바로 폴 패트릭의 달라진 걸음걸이가 마일로의 눈에 띄었다. 폴 패트릭은 원래 늘 통통 튀듯이 명랑하게 걸었다. 하지만 지금 이 아이의 걸음걸이는 마치 기계처럼 뻣뻣하고 활기가 없었다.

얼핏 보면 밝은 갈색 머리에 주근깨가 그대로인, 전과 같은 폴 패트릭이었다. 하지만 어딘지 묘하고도 기분 나쁘게 달라져 있었다. 그때 마일로는 발견했다. 전에는 초롱초롱했던 폴 패트릭의 눈이 마치 다른 사람처럼 흐릿해진 것이었다. 눈 속의 빛이 사라지고 없었다. 원래는 선명한 파란 눈동자를 가진 아이였다. 그 눈동자는 불타는 듯한 머리카락 색과 대조가 되어 더욱 눈에 띄었다. 하지만 이제 폴 패트릭의 눈은 흐릿한 회색이었다. 마치 누군가가 색 조정을 한 것처럼 말이다. 전에는 초조하고 조심스러운 눈빛으로 이리저리 움직이던 눈동자가 지금은 가만히 교장만을 향하고 있었다. 두 손은 책상 위에 펼쳐 놓았고, 전에는 불안한 듯 달막거리던 두 다리가 꼼짝도 하지 않았다.

교장은 그날 내내 흘끔흘끔 폴 패트릭을 확인했고, 그때마다 슬며시 흐뭇한 미소를 지었다.

종이 울리자 마일로는 세라 루이스와 케이티에게 따라오라고 신호했다. 셋은 함께 교실 밖에서 폴 패트릭이 나올 때까지 기다렸다.

바닥이 무빙워크로 변해 모두를 구내식당으로 이동시키는 동안 마일로는 애써 아무렇지 않게 물었다.

"폴 패트릭, 요즘 기분 어때?"

"아주 좋아. 물어봐 줘서 고마워. 지금 난 내 능력의 100퍼센트를 쓰고 있다는 느낌이야. 나의 훌륭함을 발휘하고 잠재력을 실현하는 과정에 있어."

폴 패트릭은 꼭 로봇처럼 말했다. 마일로는 세라 루이스와 걱정스러운 눈빛을 교환하고는 폴 패트릭에게 말했다.

"아아아, 그래. 잘 지내는 것 같네. 지난 며칠 동안 어디에 있었어?"

"나를 성공의 길로 이끌어줄 특별한 교육 처치를 학교에서 받았어. '평생직장 보장학교'는 세계에서 가장 훌륭한 학교야."

폴 패트릭이 내뱉는 한마디 한마디가 부자연스럽고 어색했고, 박자는 지나치게 일정했다. 시선이 마일로를 향해 있기는 했지만, 마일로를 보는 것이 아니라 통과하는 것 같았다. 모범 교육생들의 눈처럼 말이다.

세라 루이스와 케이티는 어깨를 으쓱했다.

마일로는 폴 패트릭에게 말했다.

"그렇구나. 정확히 어디에서 처치를 받았는데?"

"이 학교는 학생이 21세기에 필요로 하는 것들을 갖추도록 도와주는 완벽한 교육시설이야."

폴 패트릭이 이렇게 말하자 바로 앞에 서있던 콘수엘라가 걱정스러운 표정으로 뒤돌아보았다.

마일로는 콘수엘라에게 고개만 절레절레 저었다. 콘수엘라는 소리 없이 입 모양으로 물었다.

'얘 왜 이래?'

그저 어깨를 으쓱하고 고개를 젓는 것만이 케이티와 세라 루이스와 마일로가 할 수 있는 대답이었다.

답답함을 드러내며 마일로가 물었다.

"그래. 근데 너 삼 일 동안이나 안 보였잖아."

그러자 세라 루이스가 마일로에게 눈빛 경고를 날린 뒤 폴 패트릭에게 말했다.

"폴 패트릭, 마일로 말 신경 쓰지 마. 무례했어. 그런데 너, 내가 교장선생님한테 토했던 거 기억해? 그 사건 꽤 웃기지 않았어?"

세라 루이스는 좀 다른 방식으로 폴 패트릭과 대화를 시도했다. 자신이 구토했을 때 폴 패트릭이 키득키득 웃었고 그 바람에 다른 아이들한테까지 웃음이 번진 것을 기억했기에 세라 루이스는 폴 패트릭이 웃기를 바라며 그 이야기를 꺼낸 것이다.

그러나 폴 패트릭은 그저 앞만 빤히 보며 이렇게 대답했다.

"바르지 않은 행동을 하면 시간 낭비고 다른 아이들에게 방해가 돼. 세계 최고의 학교에 다니려면 우리는 집중해야만 해."

콘수엘라가 고개를 절레절레 젓고는 세라 루이스와 눈빛으로 대화했다.

폴 패트릭이 말하는 방식은 소름이 끼치고 당혹스러웠다.

마치 머릿속에 작은 녹음기가 있어서 몇몇 문장들을 되풀이하는 것만 같았다. 질문을 받으면 그 녹음기의 조작 담당자가 맞는 답을 고를 때까지 잠시 시간이 걸리고, 일단 답이 정해지면 처음부터 끝까지 뱉어내야만 하는 것처럼 말이다.

케이티가 다른 작전을 써보았다.

"앗, 나 지난 수업에서 필기하는 걸 깜박했어. 네 거 좀 빌려줄 수 있어? 나도 다음에 내 거 보여줄게!"

"필기를 서로 보여주는 건 규칙에 어긋나. 우리는 각자 자신에 대한 책임을 져야 해. 이 학교는 엘리트 학교야. 우리가 여기에 다니는 것은 행운이야."

마일로는 고개를 젓고 소근거리며 물었다.

"도대체 이 학교가 너한테 무슨 짓을 한 거야?"

케이티는 포기한 듯 말했다.

"아무 소용 없어."

"거 봐. 이 학교 뭔가 잘못됐다니까. 얘 꼭 세뇌라도 당한 것 같잖아."

마일로의 말에 콘수엘라가 속삭였다.

"얘, 꼭 모범교육생 같아."

세라 루이스도 맞장구쳤다.

"흠. 아주 이상하긴 해."

그때부터 학교 분위기는 바뀌었다. 걱정과 불안이 감돌았다.

그다음 주, 바네사 델 포이트로라는 아이가 코를 너무 시끄럽게 풀었다는 이유로 자습실에서 끌려 나갔다. 그 아이는 이후 이틀 동안 수업에 들어오지 않았다. 그리고 돌아와서는 마치 폴 패트릭처럼 로봇같이 변해서 두페드의 대사 같은 말만 내뱉었다.

바로 그다음 주에는 또 다른 두 아이가 영양죽을 너무 늦게 먹는다는 이유로 식당에서 끌려 나갔다.

같은 날, 어떤 아이가 교장의 수업 시간에 하품했다는 이유로 수업이 끝나고 교실에 남는 벌을 받았다.

그 아이들 모두 며칠간 학교 어디에서도 보이지 않았다.

그러고 나서 좀비처럼 변해서 돌아왔다. 산 사람의 뇌를 먹지는 않고 기회가 있을 때마다 학교 찬사를 늘어놓는, 아주 따분한 좀비라고 해야겠지만.

마일로는 그 아이들 한 명 한 명에게 다가가 보았다. 하나같이 이 학교 시스템에 순종하는 활기 없는 아이들로 변해 있었다. 꼭 그때 본 홀로그램이 광고했던 것처럼 말이다. 죽은 눈빛도, 뻣뻣한 걸음걸이도, 늘 한곳에만 집중하는 모습도 똑같았다. 다들 모범교육생 같았다.

게다가 교장 주변을 마치 파리 떼처럼 쫓아다녔다. 교장은 그 아이들을 너무나 좋아하면서 바른 품행의 표본이라며 치켜세웠다. 또한 그 아이들에게 이래라저래라 자꾸 명령하기를 지나치게 즐겼다. 그러면서 나머지 아이들을 더욱 경멸했다.

교장은 원래부터 좋게 표현해도 심술궂은 사람이었지만, 좀비 로봇 학생들이 생겨난 후부터는 아예 벌줄 기회만 호시탐탐 노리는 사람 같았다.

눈을 너무 자주 깜박거린다고 처벌.

재채기를 너무 시끄럽게 했다고 처벌.

걸음걸이가 이상하다고 처벌.

학교에는 두려움이 퍼졌다. 다음 차례는 누가 될 것인가?

하지만 마일로는 그저 어떤 일이 일어날지 기다리고만 있지는 않기로 했다. 이제는 적극적으로 나설 때였다. 정확히 무엇을 해야 할지는 몰라도, 뭔가 하기는 해야겠다고 생각했다. 설사 혼자 해야 할지라도 말이다.

비밀의 철학 정원

관심이란 가장 희소하고도
순수한 형태의 너그러움이다.
— 시몬 베유

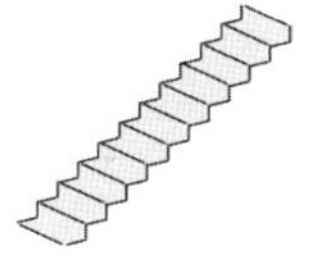

마일로는 기회가 생길 때마다 어설라에게 가서 이야기를 나누었다. 모두가 불안해서 안절부절못하는 이때, 어설라와의 대화만이 마일로의 마음을 안정시켜 주었다. 어설라는 대체로 대화 주제를 미리 준비하고 있었다. 하루는 이런 주제로 이야기를 나누었다. '사람에게는 하고 싶은 것은 무엇이든 할 수 있는 자유가 있는가?'

어설라 마일로, 우리는 스스로가 자유롭다고 생각하잖니. 하지만 사실은 한 사람 한 사람의 미래에 한계가 있거나 심지어는 예정되어 있을 수도 있을까? 그러니까…… 미리 정해져 있는 것은 아닐까?

마일로 전 항상 자유롭다고 느꼈는데요. 예를 들어서 제가 팔을 들어 올리기로 결정하면, 마음대로 그럴 수 있잖아요. 원한다면 다르게 결정할 수도 있고요.

어설라 하지만 그렇다고 해서 '무엇이든' 다 뜻대로 결정할 수는 없지 않아?

마일로 음. 잘 모르겠어요. 그런 것 같기도 해요. 뭐, 세상 '무엇이든' 다 할 수는 없으니까요. 전 하늘을 날 수도 없고, 아마 프로 복싱선수가 될 수도 없을 거예요. 그러기엔 너무 작고 약하니까요. 그리고 솔직히 말해서 저한테 뇌수술을 하는 의사가 될 만한 머리가 있다고 생각하진 않거든요. 그러니까 하고 싶은 걸 뭐든 다 할 수 있는 자유가 있는 것은 아니에요. 사람에게는 한계가 있고, 남들보다 한계가 더 많은 사람도 있고요. 그래도…… 여전히 '어느 정도'는 스스로 선택하고 결정할 수 있다고 생각해요. 이렇게 팔을 흔드는 일처럼요.

어설라 그렇구나. 이해가 돼. 그런데 이 세상에 일어나는 모든 일에는 원인이 있다고 생각해? 그러니까 그 일이 생기게끔 만든 일이 먼저 일어났을 거라고 믿느냐는 거지.

마일로 네, 저는 그렇게 생각해요.

어설라 세상 모든 일에 원인이 있다면, 그러니까 모든 일이 그 전에 일어난 일의 결과라면 말이야, 네가 하는 '결정'조차도 그렇지 않을까? 네가 자유롭게 한 결정이 아니라, 먼 과거에서부터 지금까지 이어져 온 원인과 결과의 연결 고리 중 가장 마지막 결과가 아닐까?

마일로 무슨 뜻인지는 알겠어요. 하지만 만일 그렇다고 해도 지금 제가 자유로운 의지로 내리는 결정처럼 느껴져요.

어설라 그렇게 느껴지는 게 당연하지. 하지만 네가 방금 팔을 흔든 것도 우리가 이 대화를 나누고 있었기 때문에, 그래서 네가 어떤 철학적 주장을 하고 싶어졌기 때문에 일어난 일이잖아. 그러니까 우리의 모든 결정은 이전에 일어난 일들의 결과 아닐까?

마일로 와, 이번 주제는 진짜 어렵네요.

어떤 날에는 '지식은 많을수록 좋은가'라는 주제로 이야기를 나누었다.

어설라 지식은 무조건 많은 것보다 적당히 품는 편이 좋을까? 마일로, 너는 어떻게 생각하니?

마일로 아니요, 저는 그렇게 생각하지 않아요. 많이 알수록 좋죠.

어설라 왜 그렇게 생각해?

마일로 음, 지식은 우리가 문제를 해결할 수 있게 해주고, 더 나은

결정을 내리고 세상을 더 잘 이해하게 해주잖아요. 안 그래
요? 좋은 점만 있잖아요!

어설라 하지만 난 과연 많이 알면 알수록 좋은 걸까 하는 의문이
들어. 예를 들어 너는 친구들이 너에 대해 하는 생각을 다
알고 싶어?

마일로 음, 아니요. 다 알고 싶진 않을 것 같아요.

어설라 또는 인간이라는 존재가 정말로 무의미하다면, 그것을 알고
싶어? 아니면…… 네가 죽을 날짜를 알고 싶니?

마일로 어……. 그런 것도 알고 싶지 않을 것 같아요. 알고 싶지 않
아요.

어설라 그러면 가끔은 모르는 게 더 낫다는 데 동의하는 거야? 가
끔은 모르는 쪽을 선택하는 게 지혜로운 건지도 몰라. 아니
면 알 만한 가치가 있는 것만 선택해서 알든지.

마일로 그런데 아는 게 많다는 건 곧 지혜롭다는 뜻 아니에요?

어설라 나는 아는 게 많은 것보다 지혜로움을 훨씬 더 중요하게 생
각해, 마일로. 지혜가 훨씬 더 얻기 어렵기도 하고.

마일로 좀 더 설명해 주세요! 지혜라는 건 정확히 어떤 거예요?

어설라 지혜란 우리의 지식과 느낌과 감정을 통합하는 능력이라고
할 수 있어. 더 좋은 삶, 행복한 삶을 사는 데 도움이 되지.

마일로 아아, 알겠어요. 지식을 어떻게 쓰느냐 하는 것이 지혜인 거

죠?

어설라 그래, 그거야. 지혜는 좋은 판단력을 가지고 좋은 결정을 하
는 걸 말해.

마일로 있잖아요, 제가 보기에 어설라는 굉장히 지혜로운 분 같아
요!

대화를 나누면서 마일로는 자신의 말에 누군가가 귀를 기
울일 때 드는 만족감을 느꼈다. 전에는 좀처럼 느끼지 못했던
기분이었다. 부모조차도 마일로의 이야기에 관심을 기울이는
편이 아니었고, 그건 참 답답했다. 이 학교 교사들도 마찬가지
였다! 차라리 말을 안 하느니만 못한 것 같았다. 하지만 어설라
와 대화할 때는 달랐다. 내가 하고 싶은 말에 귀 기울이는 사람
이 있다는 건 참으로 기운 나는 일이었다.

마일로는 때가 되었다는 판단에, 케이티와 세라 루이스를
철학의 정원으로 데려왔다. 그 정원에 첫발을 디딘 두 친구의
반응을 보며 마일로는 뿌듯했다.

"우아, 여기 진짜 예쁘다!"

케이티는 정원을 이곳저곳 다니면서 꽃 냄새를 맡고 나무
를 만져보았다.

"아름다워."

세라 루이스가 눈을 커다랗게 뜨고 조심스러운 표정으로 물었다.

"그런데 우리 정말 걸려도 처벌받지 않을까?"

어설라가 세라 루이스의 걱정을 달랬다.

"걱정하지 마. 여기는 이 학교에서 제일 안전한 곳일 테니까. 내가 교장에게 작은 채소밭 봉사단이 생겼다고 말해두었어. 그 봉사단이 너희 셋이지!"

마일로는 아이들이 사라졌다가 좀비처럼 변해서 돌아오고 있다는 사실을 어설라에게 이야기했다. 지금 일어나고 있는 일을 누군가에게 알리는 것이 좋겠다고도 말했다.

그러자 세라 루이스가 말했다.

"너무 앞서가지는 마, 마일로. 아직 확실하게 아는 것은 없잖아. 그 애들은 그냥 며칠간 집중교육을 받고 나서 열심히 공부해야겠다고 굳은 결심을 했는지도 몰라. 분별 있는 학생이라면 열심히 공부해야 하니까."

이번엔 어설라가 말했다.

"무언가 이상하긴 한데. 그래도 아직은 아무 증거가 없으니까 성급하게 행동하지는 않는 게 좋겠어."

마일로는 답답해서 앓는 소리를 내면서도 반박하지는 않았다.

어설라는 화제를 바꾸었다.

"자, 너희가 여기에 온 이유는 그게 아니잖아. 케이티, 그리고 세라 루이스, 너희는 철학에 관해서 무엇을 알고 있니? 무엇이든 말해봐."

케이티는 계속 정원을 돌아다니고 꽃을 구경하면서 대답했다.

"전 잘 몰라요. 그래도 '철학'이라고 하면 어쩐지 좋은 것처럼 들려요."

이번엔 세라 루이스가 대답했다.

"마일로가 이야기해 준 정도만 조금 알아요. 그런데 전 철학에서 확실히 맞는 답과 틀린 답이 없다는 부분이 잘 이해가 안 가더라고요. 어떻게 그럴 수가 있어요?"

"맞는 답과 틀린 답이 아예 없는 것은 아니야. 있을 수도 있지. 그보다는 중요한 철학적 질문들 중에는 쉽고 간단한 정답이 없는 것도 있다는 뜻이야. 그렇더라도 우린 답을 찾으려는 시도를 계속해야 하지만!"

"중요한 철학적 질문이라는 게 어떤 건데요?"

세라 루이스가 물었다. 마일로는 세라 루이스가 철학에 의심을 던지는 게 그리 놀랍지 않았다. 세라 루이스는 세상을 흑과 백, 옳은 것과 그른 것, 진실과 거짓으로 나누어 바라보고

그 중간 지대, 불확실한 것들에 대해서는 인내심이 별로 없었
다. 마일로가 이해한 바에 따르면, 철학이란 바로 그런 지대에
서 많은 시간을 보내는 일이었다.

어설라는 세라 루이스에게 대답했다.

"예를 들어볼게. '어떻게 사는 것이 바르게 사는 것인가?',
'무엇이 진실이고 거짓인지 어떻게 알 수 있을까?', '우주가 생겨
난 데는 이유가 있을까?' 이런 질문들은 중요하면서도 어려워
서 간단하고 쉬운 답이 없지. 우선 쉬운 예를 가지고 시작해 보
면 어떨까? 아마도 모두가 한 번쯤은 생각해 보았을 거야. '고
기를 먹는 것은 옳은가, 그른가.'"

어설라　너희는 고기를 먹니?

마일로와 세라 루이스 모두 고개를 끄덕였다.

어설라　그렇다면 너희는 우리의 즐거움을 위해서 동물을 해쳐도 괜
　　　　찮다고 생각하는 거겠네.
마일로　아니요, 그렇진 않아요. 즐거움을 위해서가 아니라 필요해
　　　　서 먹는 거잖아요.
어설라　그러면 과연 닭이나 소를 매일 먹어야 할까? 인간이 고기를

먹기 위해서는 수많은 동물을 기르고 가두고 매일같이 죽여야 한다는 걸 너도 알지?

세라 루이스 그래요, 그럼 '필요'한 건 아닐 수도 있겠네요. 하지만 사람이 고기를 먹는 건 정상적이고 자연스러운 일이잖아요.

마일로 그리고 인간이 먹이사슬의 제일 위에 있지 않아요? 인간은 계속 고기를 먹어왔잖아요.

어설라 그러면 늘 해왔던 일이라는 이유로 괜찮다고 생각하는 거야?

마일로 음, 아니요. 그건 적당한 이유 같지 않아요.

어설라 그렇다면 고기를 먹어도 괜찮은 건 우리가 동물보다 더 강하기 때문일까? 인간이 사냥을 가장 잘하니까?

마일로 네, 아마도요. 그런 것 같아요.

어설라 그러면 가장 강하고 힘이 있는 존재는 자기 욕구를 위해서 자기보다 약한 존재를 해치고 이용해도 정당한 걸까?

마일로 어……. 그건 깊이 생각해 보지 못했지만, 일단 이 토론을 위해서 그렇게 생각하는 걸로 할게요.

어설라 좋아. 만약 그게 정당하다면 가장 강한 나라가 약한 나라를 침범해서 그 나라 사람들을 잡아먹어도 정당한 일일 텐데, 어째서 그러지 않는 걸까? 그리고 힘센 아이들 무리가 약한 아이들 무리를 두들겨 패고 노예로 부리지 못하는 이유는 뭘까?

세라 루이스 사람끼리는 다르죠. 여기엔 똑같은 법칙을 적용할 수 없다고 생각해요.

어설라 왜?

세라 루이스 사람은 동물하고 다른 종이니까요. 닭을 죽이는 것보다 다른 사람을 죽이는 게 더 나쁘게 느껴져요.

어설라 그렇다면 우리와 같은 종이 아니기만 하면 죽이고 이용해도 되는 걸까?

세라 루이스 (자신 없는 목소리로) 아마 그런 것 같아요.

어설라 (웃으며) 걱정하지 마. 이건 함정이 아니니까. 그냥 너희의 관점을 따라가면서 그 관점으로 볼 때 타당한 결론을 내보는 거야. 우리는 지금 생각을 탐구하고 있는 거란다.

마일로 네, 계속해 봅시다!

어설라 자, 그러면 너는 종으로 세상을 나누었어. 우리와 종이 다르면 대하는 방식도 달라야 한다고 말이야. 그렇지?

세라 루이스 맞아요.

어설라 그렇다면 그건 국적, 인종, 종교로 세상을 나누는 것하고 어떻게 다를까?

세라 루이스 그게 무슨 뜻이에요?

　마일로는 자꾸만 예상치 못한 쪽으로 전개되는 철학적 논의에 세라 루이스가 점점 흥미를 느끼며 빠져드는 게 보였다. 한편 케이티는 아직도 정원을 거닐고 있었다, 머리에 꽃도 한 송이 꽂고서. 하지만 케이티 역시 이 대화에 귀를 기울이고 있었다.

어설라　조금 전에 네가 어떤 존재를 죽여도 되는지 안 되는지를 결정할 때, 종을 기준으로 삼았잖아. 어째서 피부색이나 사는 곳, 성별 같은 것을 기준으로 하지 않았어?

세라 루이스　그야 그런 기준으로 상대를 다르게 대하는 것은 옳지 않으니까요.

어설라　나도 그건 옳지 않다고 생각해. 그렇다면 동물을 인간과 다르게 대하는 것은 어째서 괜찮은 걸까?

세라 루이스　무슨 말씀을 하시려는 건지는 알겠어요. 하지만 전 인간은 특별하다고 생각해요. 인간을 해치는 것하고 동물을 해치는 건 완전히 다르게 느껴져요. 저도 아무 이유 없이 동물을 해치는 건 싫지만요.

어설라　그럼 인간은 어떤 면에서 그렇게 특별하지?

세라 루이스　인간이 더 똑똑하고 지식이 많잖아요.

마일로　맞아요. 우린 더 많이 알아요. 상대방한테 어떤 일을 하지 말라고 말할 수 있어요. 도시와 비행기를 비롯해 온갖 것들을 만들 수 있고요.

어설라　좋아. 그렇다면 인간은 종 때문이 아니라 지식이 더 많고 언어가 있기 때문에 특별한 거겠네?

마일로　네. 적어도 그게 가장 중요한 차이 중 하나라고 생각해요. 자기를 죽이지 말라고 설득하고 애원하는 존재는 죽이기 힘든 것 같아요. 동물은 그렇게 애원하지 못하잖아요.

어설라　그렇지. 하지만 어떤 동물들은 꽤 똑똑해. 돌고래와 갈까마귀는 퍼즐을 풀 수도 있고, 침팬지는 수어를 할 수도 있어. 그렇다면 그 동물들은 예외가 되어야 할까?

마일로　네, 그럴지도 모르겠어요. 그런데 그것도 옳게 느껴지진 않네요.

어설라　그리고 인간이 더 똑똑하다고 확신하는 근거는 뭐야?

마일로　인간이 할 수 있는 것, 만들어낼 수 있는 것을 보세요. 그리고 인간은 동물을 붙잡을 수도 있고, 동물을 원하는 대로 통제할 수 있잖아요.

어설라　능력이 있다는 이유만으로 그 능력을 쓰는 거, 그게 똑똑한 건 아닌데.

마일로　에이, 솔직히 인간이 더 똑똑한 건 확실하잖아요. 인간이 얼마나 많은 문제들을 해결해 냈는데요! 우리는 우주에도 갈 수 있어요.

어설라 인간이 더 복잡한 기계들을 만들 수 있고, 더 멀리까지 움직일 수 있는 건 확실해. 하지만 그게 더 똑똑한 걸까? 혹시 그냥 편안히 앉아서 음식을 먹고, 가족을 꾸리고, 인생을 즐기다가 죽는 것이 더 똑똑한 것은 아닐까? 우리가 '지성'이라 부르는 것 때문에 우리의 환경 전체가 파괴되는 결과가 일어나는 건 아닐까?

세라 루이스 그게 무슨 뜻이에요? 기후변화 같은 것 말씀이세요?

어설라 맞아. 인간의 산업과 기술 때문에 자연환경이 커다란 피해를 입어 왔다는 것을 우린 잘 알잖아. 나무, 강, 바다가 파괴되었고, 인간이 이룬 혁신의 바탕인 화석연료 연소 때문에 지구는 곧 우리가 살 수 없는 공간이 될지도 몰라.

세라 루이스 네, 그건 맞아요.

어설라 그러니까 인간의 똑똑함을 보여주는 증거라고 여겨지는 것들 때문에 지구가 망가질 수도 있는 거야. 그것이 똑똑한 걸까?

세라 루이스 그렇지는 않죠.

어설라 그렇다면 인간의 지성을 이용해서 인간에게 생긴 문제를 풀수도 있을까?

마일로 어쩌면요.

케이티   그럼 어설라는 동물을 사람과 똑같이 대해야 한다고 생각
하시는 거예요?

어설라   완전히 똑같이 대해야 한다고 생각하지는 않아, 케이티. 하
지만 나는 고통을 느끼는 생명체를 의도적으로 해쳐도 될
만큼 충분한 이유가 인간한테 있을까 하는 의문이 들어. 꼭
필요하지도 않은데 동물을 해치고 있으니 말이야. 우리는
고기를 꼭 먹을 필요가 없거든. 동물들을 좀 내버려두면 안
될까?

케이티   하지만 우리가 고기를 안 먹으면 세상엔 소와 돼지, 양들이
훨씬 적을 거예요. 아주 많은 동물이 단지 인간 때문에 태어
나게 되니까요. 그건 좋은 일이 아닐까요?

어설라   그것도 흥미로운 관점이네. 우리가 고기를 먹지 않았다면
세상에 없었을 동물들이 우리가 고기를 먹기 때문에 존재
하는 것도 사실이지. 하지만 인간이 먹을 수많은 소와 양을
키우느라 호수가 오염되고 숲이 파괴되고 생물다양성이 망
가지고 곤충과 여러 동물의 서식지가 사라지고 있어.

마일로   저도 그런 생각이 들 때가 있어요. 우리가 고기를 먹는 것이
나 그 외의 지금 하는 일이 백 년이나 천 년 후쯤에는 아주
끔찍한 일로 여겨지지 않을까 하는 생각요.

어설라   그거 아주 좋은 질문거리네. 우리가 오늘날 하는 일 중에서

훗날 나쁘거나 틀린 일로 여겨질 만한 일이 뭐가 있을까?

마일로 이 학교가 학생들에게 하는 일들요!

어설라 (웃으며) 그럴 가능성이 꽤 높지.

세라 루이스가 물었다.

"그런데 정말 이 학교가 우리에게 위험한 곳일 수도 있다고 생각하세요?"

"솔직히 내가 보기에도 이 학교에는 의심스러운 면들이 있어. 하지만 아직 그 의심에 대한 답을 찾지 못했어. 정말로 이 학교가 학생들을 회사에 팔고 있을까? 아니면 자기들 방식대로 학생을 교육한 다음 확실히 취업시키려는 걸까?"

마일로는 물었다.

"두 가지가 달라요?"

"꼭 그렇진 않아, 마일로. 하지만 법의 시각으로 보면 확실히 다르지."

케이티는 물었다.

"우리는 어떻게 해야 할까요?"

세라 루이스가 대답했다.

"어떻게든 학교에서 처벌을 받지 않도록 늘 조심하자. 그리고 계속 여기에 와서 철학적 대화를 하는 거야. 저, 방금 한 대

화가 정말 좋았어요, 어설라. 학교 공부 말고 다른 걸 생각해
보는 게 좋았고, 이래라저래라 하는 말이나 '꼭 어떻게 해야 한
다'는 압박 없이도 사람이 동물을 대하는 방법을 깊이 생각해
볼 수 있었어요."

"잘됐네. 철학이란 바로 그렇게 새로운 가능성과 질문에 마
음을 여는 거야. 우리가 무엇을 믿을지, 어떻게 살지 정할 때 도
움이 되도록 말이야. 너는 어때, 케이티? 즐거웠니?"

"네, 정말 재미있었어요. 감사합니다, 어설라."

"이제 가야겠어요."

마일로가 말했다. 어설라는 들통에 신선한 퇴비를 부으며
인사했다.

"그래, 또 보자."

"네, 그래야죠."

케이티는 이렇게 말했고, 세라 루이스는 손을 흔들어 인사
했다.

아이들은 빈 복도로 나갔다. 들리는 소리라고는 멀리서 나
는 희미한 건물 공사 소리뿐이었다.

"너 왜 그래?"

케이티가 대뜸 마일로에게 물었다. 케이티는 늘 마일로의
기분 변화를 잘 알아챘다.

"학교에 이런 일이 일어나고 있는데 뭐라도 해야 하지 않을까?"

마일로의 말에 케이티는 되물었다.

"하지만 우리가 뭘 할 수 있는데?"

"누군가한테 알려야지. 그러려니 하고 있지 말고 이 학교가 무슨 짓을 하고 있는지 빨리 알아내야지. 나도 철학적 대화가 좋지만 행동하는 것도 필요해!"

그러자 세라 루이스가 말했다.

"답답해도 좀 참아, 마일로. 조심해야 해. 위험할 수 있단 말이야."

"참는 것도 지겨워. 애들이 사라졌다가 멍청한 로봇처럼 변해서 돌아오고 있잖아. 난 무슨 일이 일어나고 있는지 알아내야겠어. 너희는 먼저 가. 난 좀 더 조사할 테니까."

"안 돼. 이러지 마, 마일로. 그냥 같이 가자."

세라 루이스의 말에도 마일로는 단호했다.

"아니, 나는 더 못 기다리겠어."

"그래, 맘대로 해. 네가 기다리지 못한다는 이유로 나까지 벌 받을 위험을 감수하진 않을 거야."

세라 루이스는 화가 난 발걸음으로 기숙사로 향했다. 케이티는 어느 쪽으로 가야 할지 몰라 그 자리에서 마일로를 바라보며 서있었다.

마일로는 말했다.

"너도 기숙사로 가, 케이티! 난 진짜 괜찮아. 그냥 잠깐 둘러보고 갈 거야."

그때 발소리가 들렸다. 케이티는 마일로에게 물었다.

"너 진짜 기숙사로 안 갈래?"

"그래! 넌 어서 가!"

마일로는 케이티와 서로 다른 방향으로 나아갔다. 케이티가 복도 끝에 거의 이르렀을 때 모범교육생 두 명이 모퉁이를 돌아 달려왔다. 마일로는 얼른 어느 출입구에 몸을 숨기고는 그쪽을 지켜보았다.

충격적이게도 모범교육생들은 케이티가 움직이지 못하게 교복을 굳혀 버린 다음 케이티를 제한 구역으로 억지로 끌고 갔다.

'어쩌지?'

마일로에게는 생각할 시간이 별로 없었지만, 끌려간 케이티를 그냥 둘 수 없다는 것만은 분명했다. 그래서 소리 없이 그들의 뒤를 밟아 새 부속 건물이 지어지고 있는 제한 구역으로 들어갔다.

9

믿을 수 없는 비밀

독재자의 한계는
그가 탄압하는 사람들의
인내력에 따라 규정된다.
— 프레더릭 더글러스

모범교육생들이 복도의 한 구역 전체를 가린 커다란 비닐 막을 헤치고 들어갔다. 거기에는 노란색과 검은색 줄무늬 띠가 엑스 자 모양으로 쳐져 있고, 그 뒤로는 여기저기에 표지판이 있었다.

출입 금지!
공사 중!
부속 건물 곧 완공!

마일로는 이 학교 시스템이 자신의 움직임을 추적할 것 같 았지만 계속 따라가기로 했다. 이들이 케이티를 어디로 데려가 고 있는지 알아내야 했기에, 모범교육생들이 케이티를 마구 밀어 넣은 비닐 막 안으로 들어섰다.

공기가 달랐다. 서늘한 바람이 얼굴에 불어왔다. 마치 건물 밖 같았다.

고작 몇 미터 앞에서 모범교육생들이 아직도 버둥거리는 케이티를 데리고 엘리베이터에 탔다.

마일로는 엘리베이터 문이 닫히자마자 그 앞으로 달려갔다. 엘리베이터는 아래로 내려가고 있었고 올라가는 버튼은 없었다. 여전히 엘리베이터가 움직이는 소리가 들렸다.

이 길이 아니면 방법이 없었다. 마일로는 엘리베이터를 불러 올렸다. 엘리베이터는 땅땅 소리를 내면서 건물 깊숙한 곳에서부터 올라왔다. 엘리베이터에 올라타서 지하 버튼을 누르자 얼마 뒤 쿵 소리와 함께 도착했다.

내려 보니 암석으로 된 높고 둥근 천장이 그대로 드러난 커다란 동굴 같은 장소가 나왔다. 기온이 낮았다. 축축하면서도 금속 냄새가 섞인 흙냄새가 났다. 바닥에는 학교와 똑같이 리놀륨이 깔려 있었다. 마일로는 자신이 다니던 학교 아래에 이처럼 커다란 굴이 있다는 것을 상상도 하지 못했다.

멀리에서 희미한 소리가 들렸다. 마일로는 벽 뒤로 몸을 숨겼다. 한 손을 대 보니 차가운 바위 표면이 축축하고 미끌미끌한 물질로 얇게 덮여 있었다. 아주 가느다란 물줄기들이 벽을 타고 내려와 바닥 양옆을 따라 나 있는 배수구로 흘러 들어갔다.

'도대체 여긴 뭐지? 여기가 새 부속 건물 같지는 않은데. 케이티는 어떻게 되었을까?'

벽을 따라 조심스럽게 나아가던 마일로는 그 둥근 통로가 세 갈래 길로 나뉘는 지점에 이르렀다.

그중 한쪽을 가리키는 표지판에는 '스타이플사 본부'라고 적혀 있었다. 마일로가 걸어온 쪽을 향해서는 '평생직장 보장 학교'라고 적힌 표지판이 있었다. 모두가 알다시피 이 학교와 스타이플사 건물은 서로 가까웠다.

'아무리 그래도 두 건물을 연결하는 지하통로가 있다고? 이상해.'

그리고 큰 소리가 들려오는 세 번째 통로를 가리키는 표지판에는 '실험 및 처리 설비'라고 적혀 있었다.

마일로는 세 번째 통로를 향해 나아갔다. 가다 보니 누구라도 알아챌 수 있는 교장의 목소리가 들렸다. 그런데 희한하게도 즐거운 말투였다.

다른 목소리들도 들렸다. 마치 사람들이 모여 무언가를 축하하고 있는 것 같았다.

마일로는 집중해서 귀를 기울였다. 어렴풋하지만 분명히 케이티의 목소리도 들렸다. 하지만 어딘가에 막힌 듯한 소리였다.

괴로워하는 소리 같았다.

마일로는 통로 속 빛이 닿지 않는 구역에 머무르면서도 최대한 소리가 들리는 쪽으로 다가가 보았다. 거대한 유리벽이 있었다. 그 너머로 축구 경기장의 스무 배는 될 것 같은 넓은 공간이 보였고, 거기에 교장을 중심으로 스무 명 정도가 모여 있었다. 거기 케이티가 있는 것이 분명하지만 마일로의 눈에 보이지는 않았다.

"친애하는 친구, 그리고 동료 여러분."

장내는 조용해졌고, 모인 사람들은 일제히 교장을 바라보았다.

"여러분이 모두 기다려온 시간이 왔습니다."

그리고 잠시 뜸을 들인 후, 교장은 이렇게 발표했다.

"최신 기술을 적용한 산업 수준의 인간 교정 장치를 소개합니다!"

교장은 두 팔을 쫙 펼쳤고, 그의 목소리가 그 거대한 공간 안에 쩌렁쩌렁 울렸다.

"수년간의 기다림 끝에 마침내 우리는 준비를 끝냈습니다. 이 세상을 더 나은 곳으로 만들 준비가 되었습니다!"

예의 바르고도 조심스러운 박수 소리가 퍼졌다. 그 안에 감도는 긴장감이 마일로에게도 느껴졌다.

교장은 호감을 사는 말투로 말하기 시작했다. 그는 아주 쉽게 말투를 바꿀 수가 있었다.

"오래전 애들을 가르치느라 유독 진 빠지는 하루를 보내고 난 저녁에 저는 우연히 이 장소를 발견했습니다. 이 지하 동굴의 가장 깊고 어두운 부분을 탐색하면서, 눈앞에 어떤 미래상이 떠올랐습니다. 우리가 이 세상의 모든 반항을 완전히 없애버릴 수 있다면 어떨까? 학생 하나하나, 누구든 어디 출신이든 관계없이, 최고의 성적을 내고 고분고분 학교의 지시를 따른다면 얼마나 좋을까?"

이어지는 말을 기다리는 청중을 향해 교장은 말했다.

"교사로서 우리의 목표가 그것 아닙니까? 수 세기 동안 우리가 이루기 위해 애써온 목표가 그것 아닙니까? 다만 그것을 이룰 수 있는 커다란 능력을 가진 사람은 지금까지 없었습니다. 그런데 제가 해냈습니다. 여러분, 오랜 세월 동안 교사들은 고생스럽게 교육을 해왔습니다. 바로 여기 이 녀석처럼 버릇없는 학생들이 끊임없이 방해하니 제대로 가르칠 수가 없었습니다. 자, 부디 잠시 눈을 감고 새로운 세상을 상상해 보십시오. 그 많은 시간 낭비와 짜증, 처벌, 이제 필요 없습니다! 이 신기술로 인해서 우리의 학교는, 경제는, 사회는 얼마나 많은 혜택을 보게 될까요? 바야흐로 저의 꿈이 현실이 되는 순간이 다가왔습니다. 새 세상을 만들어내는 일에 저와 함께하시겠습니까?"

사람들은 두려움과 놀라움, 그리고 존경의 눈으로 교장을 바라보았다. 천천히 시작된 박수가 점점 커져 격렬한 환호가 되었다.

한 남자가 이렇게 외쳤다.

"퍼멀크러시 박사는 정말로 천재야!"

한 여자가 물었다.

"구체적으로 어떤 계획을 갖고 계신가요?"

교장은 답했다.

"우선 우리의 동반자, 스타이플사의 노고를 짚고 넘어가지 않을 수 없습니다. 스타이플사는 우리 학교가 최고가 되는 데 필요한 자금과 기술을 지원합니다. 대신에 스타이플사는 우리의 졸업생들을 데려갈 수 있습니다. 본교의 6년 과정을 통해 교육되고 다듬어짐으로써 더없이 성실한 일꾼으로 거듭나는 그 아이들을 말입니다."

이때 마일로의 귀에 익은 걸걸한 목소리의 여자, 볼링턴 교수가 말했다.

"맞습니다. 우리는 매우 유용한 파트너십을 맺고 있지요. 덕분에 우리 스타이플사는 세계에서 가장 크고 가장 강한 기술을 보유한 회사가 되었습니다.”

이번에는 다시 퍼멀크러시 교장이 말했다.

“우리 학교는 이제 세계에서 가장 호화롭고 가장 성공적인 학교가 되려는 문턱에 와 있습니다.”

그들의 말에 귀를 기울이면서 마일로는 통로 벽에 걸린 표지판을 올려다보았다. 평생직장 보장학교Secondary Training Institute For Lifelong Employment라는 학교 이름이 한 단어씩 세로로 적혀 있었다.

Secondary

Training

Institute

For

Lifelong

Employment

그제야 무언가를 깨달은 마일로는 자기 눈을 의심했다. 학교 이름을 이루는 단어들의 첫 글자를 모두 연결하면 스타이플(STIFLE)이 된다. ‘스타이플사’가 ‘평생직장 보장학교’와 협력하는 것은 우연이 아니었다. 처음부터 그러기 위해 만든 회사였다.

"이 협력 시스템은 더없이 효율적입니다. 우리는 우리의 말이라면 부조건 믿는 부모들에게서 그 자녀들을 교육하는 비용을 받습니다. 그리고 그 자녀들이 '국가 공인 평가' 시험에서 최고 점수를 받도록 교육합니다. 하라는 대로 잘하는 수동적인 아이들로 만듭니다. 그리고 그 아이들을 스타이폴사에 팝니다."

'아이들을 판다고!'

마일로는 놀라서 소리를 지를 뻔했다.

볼링턴 교수가 설명을 이었다.

"하지만 교육이라는 과정은 시간이 오래 걸리지요. 힘이 넘치고 호기심 많은 아이를 말 잘 듣는 로봇으로 만들려면 매일매일 긴 시간을 고생하며 모범교육을 해야 합니다. 그러므로 우리의 확장 계획에 한계가 생깁니다."

교장이 이어 말했다.

"우리가 만들어나갈 새로운 세상의 진가를 알아보려면 교육을 환상 없이, 있는 그대로 보아야 합니다. 교육이란 바로 자애로운 세뇌라는 것을 인정해야 합니다."

여기저기서 헉하고 놀라는 소리가 들렸다.

"그렇게 놀라는 척하지 마십시오. 제 말이 맞지 않습니까?

교육과 세뇌는 본질적으로 같지 않습니까? 교육을 하는 것은 '생각을 개조'하는 것 아닙니까? 아이들을 원래 지내던 환경에서 떼어 놓고는 말을 잘 들으면 보상을 주고 안 들으면 벌을 주면서 새로운 믿음을 반복적으로 주입하는 것 아닙니까? 학교에 충실하게 다닐 것을 요구하지 않습니까? 이 모두가 전형적인 세뇌의 특징입니다."

잠시 뒤숭숭했던 사람들이 교장의 설득력 있는 말투에 점점 휘어잡히는 것 같았다.

"전쟁범죄자들과 사이비종교 지도자들 때문에 세뇌가 잔인한 일이기라도 한 것처럼 여겨지게 됐습니다. 저는 사실상 세뇌가 대단한 자선과 온정의 행위라는 것을 세상에 보여주고 싶습니다. 세뇌의 원래 의미를 되찾아 오고 싶습니다. 세뇌洗腦, 즉, '뇌를 씻는다'라는 말의 진짜 의미를 말입니다. 세뇌란 반항하고 권위에 의문을 제기하게 만드는 독소를 아이들 머리에서 깨끗이 씻어내는 일이라는 것을 말입니다."

몇몇 사람들이 고개를 절레절레 흔들었다.

'저 사람들은 교장이 선을 넘었다고 생각할까?'

어쩌면 마일로가 나설 필요가 없을지도 몰랐다. 어쩌면 이들이 교장의 행동을 멈추어주지 않을까?

그러나 기대와 어긋나는 반응들이 마일로의 귀에 들려오

기 시작했다.

"맞는 말이네."

"그런 식으로는 미처 생각을 못 했네요. 그렇지요, 교육은 자애로운 세뇌가 맞지요!"

여기저기에서 찬사가 쏟아졌다.

그때 한 모범교육생이 말했다.

"기계가 준비됐습니다, 교장선생님."

"아이는 완벽하게 묶었나?"

"네, 교장선생님."

"자, 여러분, 우리가 만들어낸 최신 교정 장치 리듀콘6000을 소개하겠습니다!"

교장이 회색 천을 걷자 천장에 매달린 기괴한 기계가 모습을 드러냈다.

"'다시(re) 교육하는(edu) 기계'를 뜻하는 리듀콘6000은 학생을 완전히 복종하도록 세뇌하는 설비입니다. 이것만 있으면 저 같은 교육자가 교육자로서 할 일을 할 수 있고 여러분 같은 고용인, 정치지도자들도 자신의 할 일을 할 수 있습니다. 이제 더는 독립적으로 생각하는 개체들 때문에 방해를 받고 짜증을 느끼지 않아도 됩니다."

"멋집니다!"

"정말로 해내셨군요!"

마일로는 직접 보면서도 리듀콘이라는 것이 정확히 무엇인
지 알 수가 없었다. 그것은 거대했다. 마치 최신 전투기 밑에 달
린 레이저 건처럼 사람들의 머리 위에 떠있었다. 천장에 설치된
레일을 따라서 이리저리 움직였고 거대하고 반짝이는 흰색 기
계 팔이 하나 달려 있었다.

그 아래에 선 모범교육생 하나가 스마트워치를 간단히 눌
러 리듀콘을 조종했다. 리듀콘은 놀랍도록 빠르고 정확하게 움
직여 마치 발레리나처럼 우아하게 빙그르 돈 다음 아래로 내려
왔다. 곡예를 하듯 정해진 움직임을 모두 수행하고는 제자리에
서 멈추었다.

사람들이 같은 방향으로 고개를 돌렸다. 그쪽에 무엇이 있
는지 아직은 마일로에게 보이지 않았다.

교장이 기록을 읽듯이 말했다.

"이 개체는 만 13세 여자아이입니다."

마일로는 가슴이 조여왔다. 소리를 지르고 싶었다.

"1학년이고, 성적은 보통입니다. 품행이 좋지 못하며……."

교장은 잠시 멈추고 차트를 보았다.

"쉬는 시간이 아닌데도 복도를 돌아다니다가 붙잡혔습니
다. 이렇게 제멋대로라니, 믿어지십니까?"

마일로는 속으로 외쳤다.

'케이티를 좀 놔줘요!'

한심하고 넌더리가 난다는 듯 혀를 차는 소리가 곳곳에서 났다.

"저는 잘못한 거 없어요!"

케이티의 목소리였다. 어딘가에 막힌 소리였다.

"저는 기숙사로 돌아가고 있었단 말이에요."

마일로는 가슴을 망치로 맞은 것 같았다.

'케이티는 나를 걱정하며 말리고 있었다고!'

교장이 다시 화난 얼굴로 모범교육생에게 소리쳤다.

"저 녀석 입을 다물게 해! 내가 '완벽하게' 묶으라고 했잖아!"

"제발요, 하지 마세요!"

케이티가 간청해도 모범교육생은 거의 반응이 없었다. 모범교육생은 표정 없는 얼굴로 다가가 케이티의 입에 플라스틱 재갈을 물리고 그 위에 띠를 덮어 입을 막았다.

이제 마일로에게도 뚜렷하게 보였다. 정교한 스마트 의자 같은 것에 앉은 채 가죽띠에 묶여 꼼짝 못 하는 친구 케이티의 모습이 말이다.

"좀 낫군. 자, 이제 더 가까이 모여서 교육의 새 시대를 두 눈으로 목격하시기를 바랍니다."

기계에서 일정하면서도 강하게 웅웅거리는 소리가 났다. 마치 로봇 고양이가 사냥감에 다가가는 소리 같았다.

그 소리를 들은 케이티가 더 세게 발버둥 치는 모습이 마일로의 눈에 들어왔다. 케이티의 목소리도 희미하게 들렸다. 갑자기 굵은 유압식 로봇 팔이 케이티가 앉은 의자를 휙 집어 올렸다. 의자는 연결 부위가 마치 기계 인간처럼 꺾이더니, 트랜스포머처럼 둥근 접시 모양의 판으로 변했다. 그 판 위에 있는 케이티의 작은 몸으로 리듀콘이 다가왔다.

짧은 순간, 마일로는 케이티의 두 눈을 볼 수 있었다. 그 속엔 오로지 두려움만이 서려 있었다.

기계는 웅웅거리는 소리를 점점 더 크게 내면서 케이티에게로 다가갔다. 케이티는 두 눈을 꼭 감았다. 인간이 더 물러설 데가 없을 때 하는 마지막 방어는, 두려워하는 대상이 존재하지 않는다고 상상하는 것인 듯했다.

"하하, 보이십니까?"

교장은 케이티의 눈을 가리키며 말했다. 그가 케이티에게로 몸을 기울였다.

"눈을 감으면 너한테 하나도 도움이 안 된단다, 얘야. 자, 여러분, 리듀콘6000은 자동 눈꺼풀 개방 장치가 있어서 뇌 개조용 가상현실을 방해받지 않고 계속해서 주입할 수 있습니다. 눈을 크게 뜨고 있을 수밖에 없으니, 개체는 이어지는 가상현실 장면들 속으로 아무런 방해 없이 몰입하게 됩니다."

"훌륭합니다."

한 남자가 감탄을 내뱉었다.

"이 가상현실은 필요한 만큼 오래 재생할 수 있고, 개체를 완전히 무너뜨릴 때까지 얼마 동안이든 매일 반복 재생할 수 있습니다. 아이마다 처리에 걸리는 시간도 다릅니다. 그 아이의 정신이 얼마나 질긴가, 얼마나 쉽게 영향을 받는가에 따라서 말입니다. 이 가상현실 경험은 우리의 말에 이의를 제기할 '의지'와 '기운'과 '상상력'이 없어질 때까지 반복됩니다."

지하 공간에 환호가 울려 퍼졌다.

"머지않아 우리에게는 하라는 대로 하고 믿으라는 대로 믿는 수많은 학생들과 일꾼들이 생길 것입니다."

그때 나이 든 한 남자가 말했다.

"아주 대단합니다. 그런데 정확히 어떤 원리로 작동하죠? 이 아이들이 무엇을 겪는 겁니까?"

"가상현실을 이용해 세뇌를 하는 것입니다. 그 핵심을 말씀드리면, 세뇌 대상자는 눈앞에 연속적으로 펼쳐지는 가상현실을 실제라고 믿게 됩니다. 죄책감, 수치심, 두려움, 경멸감 같은 전통적인 심리적 장치들을 사용해서 길들이기 때문에 통제자를 기쁘게 하고 통제자에게 복종하고 싶어집니다. 지금 같은 경우 통제자는 저지만, 사용하시는 곳에 맞추어 적용하실 수 있습니다. 이렇게 세뇌된 아이들은 버티기 힘든 두려움에서 벗어나는 하나뿐인 길은 완전한 복종이라는 것을 깨닫게 됩니다. 그리고 극도로 영향받기 쉬운 상태가 되어 통제자의 지시를 무조건 따르고 받아들이게 됩니다.”

어느 여자의 목소리가 들렸다.

“혁신적이네요.”

그런데 사람들 몇몇이 조용해진 것을 눈치챈 볼링턴 교수가 앞으로 나섰다.

“자, 여러분, 우리는 훌륭한 교육이 이미 하고 있는 일을 훨씬 짧은 시간 안에 하는 것뿐입니다. 6년이 걸리는 정신 교육과 순응 교육, 처벌을 짧은 시간 내에 강도 높게 압축해서 처리하는 것이지요. 자칫 가혹해 보일 수도 있지만, 반창고를 빨리 떼는 것이라 생각하십시오. 장기적으로 볼 때 아이들은 더 큰 자유를 얻는 것입니다! 배우고 암기할 자유, 그리고 시험 통과, 취업, 사회의 생산적인 일원 되기와 같이 진짜 세상에서 중요한 일들에 집중할 자유 말입니다.”

케이티에게 그런 일이 일어나도록 내버려둘 수는 없었다.

마일로는 무슨 수를 써서라도 막고 싶었다.

하지만 어쩐단 말인가? 열세 살짜리가 여기를 메운 어른들을 제압할 방법은 없었다. 저 실험실로 불쑥 들어간다면 마일로도 붙잡혀 아마 똑같은 처리를 당하게 될 것이다.

"그러면 언제 시작합니까?"

어떤 남자가 물었다.

"이미 시작했습니다."

교장이 이렇게 대답하고는 모범교육생에게 고갯짓을 했다.

모범교육생이 어린 학생 여럿을 데리고 들어왔다. 폴 패트릭을 포함하여 한때 마일로의 반에서 사라졌던 아이들이었다.

그 아이들은 앞을 똑바로 보면서 미동도 없이 서있었다. 사람들은 천천히 가까이 다가가 마치 희한한 것들을 모아 놓은 박물관의 전시물을 보듯 그 아이들을 관찰했다.

한 남자가 폴 패트릭의 눈을 똑바로 보면서 그 앞에 살진 손을 흔들었다. 하지만 폴 패트릭은 눈도 깜빡하지 않았다. 그 남자는 이렇게 말했다.

"대단해. 애들의 머릿속에 아무것도 없다는 게 훤히 들여다 보이는 것 같아."

남자가 이번에는 아이들을 향해 쏘아붙였다.

"음료수를 다오."

그러나 아이들은 꿈쩍도 하지 않았다.

"말을 잘 듣는다면서요. 추가 처리가 필요한 모양이지요?"

교장은 답했다.

"말을 잘 듣지요. 하지만 누구의 말이나 잘 듣는 것은 아닙니다. 그렇다면 아무 쓸모가 없지요. 너, 1번, 이 신사분께 음료수를 가져다드려라."

"네, 알겠습니다."

폴 패트릭이 이렇게 답하고는 음료수를 구하러 뛰어갔다. 교장은 뒤이어 빠르게 명령을 내렸다. 바닥에서 굴러라. 펄쩍펄쩍 뛰어라. 말 흉내를 내라. 아이들은 아무런 주저 없이 교장이 시키는 대로 했다.

지하 동굴에 웃음소리가 가득히 퍼졌다. 끔찍했다.

"우리는 이 학교의 모든 학생을 세뇌 처리하기로 내부 결정을 내렸습니다. 리듀콘을 최대한 가동하여 그 어느 때보다 많은 학생을 처리하려 합니다. 5월 졸업 이전까지는 마무리될 것입니다."

한 여자가 외쳤다.

"아주 좋습니다!"

교장은 말했다.

"지금 우리 학교 교사들은 처벌 기준을 아주 엄격하게 높여 위반한 아이들을 잡아내고 있습니다. 그러면 그 아이들을 처리하는 것이 정당해집니다."

"아이가 별 잘못도 아닌 일로 처벌을 받았다고 부모에게 불평하면 어떡하죠?"

교장은 답했다.

"학부모들은 어떻게 해서든 자식을 이 학교에 보내고 싶었던 사람들입니다. 그렇기 때문에 우리가 하는 말이라면 무조건 수용합니다. 우리는 아이들뿐 아니라 부모들도 관리합니다. 부모들 역시 일종의 세뇌가 되는 것이나 다름없습니다."

볼링턴 교수가 덧붙였다.

"그렇게 된 부모들의 눈앞에 우리 스타이플사의 번듯한 일자리를 내세우면 우리가 무슨 말을 하든 곧이곧대로 받아들입니다."

"꽤 인상적입니다, 퍼멀크러시 박사. 그런데 수치로 말씀해주실 수 있습니까?"

한 여자가 교장에게 요구했다.

"좋습니다. 수치가 바로 이 기술의 가치를 말해주지요. 리듀콘의 성공률은 97퍼센트입니다. 우리는 학생들이 이 학교에 다닌 기간이 길수록 세뇌하기도 쉽다는 것을 발견했습니다. 마음이 강한 아이들은 무너뜨리기 어렵습니다. 아마 그런 아이들을 잘 아실 겁니다. 질문 많고, 상상력이 마구 뻗어나가는, 창의적인 아이들 말입니다. 그중에서도 어린 학생들이 더 어렵지요. 아직 마음이 열려 있고 우리 학교 시스템 안에서 지낸 기간이 짧기 때문입니다. 하지만 그런 아이들에게서도 효과적인 결과를 낼 수 있는 적절한 배합을 찾아내는 것은 시간문제입니다."

"어떻게 하면 저도 이걸 이용할 수 있습니까?"

뒤쪽의 한 남자가 물었다.

"저도요!"

"저도 임원들에게 전화를 걸어야겠습니다. 바로 이용하고 싶습니다."

갑자기 너도나도 주문하겠다며 목소리를 높였다.

교장과 볼링턴 교수, 거니 선생이 씨익 미소 짓는 모습이 마일로의 눈에 비쳤다.

교장은 말했다.

"주문은 여기 애그니스 거니 선생님과 상담해 주십시오. 또한 우리가 여러분의 지역에 리듀콘6000을 갖춘 학교를 몇 달 안에 세워드릴 수 있다는 점도 잊지 마시기를 바랍니다."

교장은 손목을 휙 돌리며 명령했다.

"처치를 시작해라."

마일로는 간절히 케이티를 돕고 싶었지만, 지금 나서 봤자

헛수고일 터였다. 로봇 팔이 천천히, 정교한 동작으로 케이티에게 다가갔다. 그것은 끝에 동그란 고무 패드가 달린 두 개의 금속 집게로 케이티의 두 눈을 억지로 뜨게 했다. 그리고 가상현실을 재생할 헤드셋이 마치 렌즈가 툭 튀어나온 거대한 선글라스처럼 케이티의 얼굴 윗부분에 씌워졌다.

모두가 가만히 서서 그 모습을 지켜보았다.

가끔씩 케이티의 몸이 홱 움직이고 움찔하고 경련했다.

그것을 바라보며 흡족하다는 듯이 고개를 끄덕이는 사람들이 있었지만, 이내 다들 고개를 돌리고 저마다 수다를 떨기 시작했다.

교장은 말했다.

"기계가 제 일을 하게 둡시다. 가상현실의 견본 영상을 보내 드리겠습니다. 어른이 보아도 겁을 먹지요. 자, 위층으로 가서 계약서를 쓰시지요. 축하주 한 잔 더 하실까요?"

모두가 그곳에서 나가기 시작했다.

마일로는 지하 통로를 지나가는 그들에게 들키지 않으려고 상자들 뒤에 몸을 숨겼다. 사람들이 다 나가고 나면 케이티를 구할 작정이었다. 그런데 마지막으로 나오던 교장이 통로를 훑어보고는 열쇠를 꺼내 문을 잠갔다.

'안 돼!'

마일로는 속으로 외쳤다. 교장은 문이 잠겼는지 확인한 다음 사람들을 따라 엘리베이터로 갔다.

지하 통로에 아무도 남지 않았음을 확인하자마자 마일로는 교장이 잠근 문 앞으로 달려갔다. 소용없으리라는 것을 알면서도 말이다. 마일로는 문손잡이를 잡고 밀고 당기고 뽑을 듯 흔들어 보았다. 소리치고 문을 두드려도 보았다. 아무 소용 없었다.

이미 시간은 늦어 곧 잠자리에 들지 않으면 마일로가 침대에 없다는 사실이 센서로 감지되어 두페드에 전해질 것이다. 마일로는 끔찍한 기계의 손에 붙잡힌 단짝 친구를 잠긴 문 너머에 두고 떠날 수밖에 없다는, 너무나 괴로운 결정을 했다. 가슴이 찢어졌다.

마일로는 케이티가 지금 어떤 일을 겪고 있건, 반드시 케이티를 원래대로 되돌려 놓겠다고 결심했다.

'분명 방법이 있을 거야.'

마일로가 방으로 향하는데, 순간 머릿속에 무언가가 떠올랐다.

'그거야!'

교장이 한 말 중에 마음이 강한 아이들, 의문을 제기하고 호기심이 많고 스스로 생각하는 아이들은 무너뜨리기 힘들다는 말이 떠올랐다.

마일로와 친구들이 어설라와 나눈 철학 대화! 철학을 할 때 사람은 의문을 제기하고 스스로 생각한다. 그렇게 하는 것이 세뇌에 방해가 된다면, 이미 세뇌된 사람을 원래대로 되돌리는 데도 도움이 되지 않을까? 케이티가 리듀콘으로 처리되어 어떻게 변하건, 원래대로 돌아오게 할 수 있지 않을까?

희망이 있으면
나아갈 수 있다!

누구나 화를 낼 수 있다. 그것은 쉽다.
하지만 알맞은 상대에게, 알맞은 정도로, 알맞은 때에,
알맞은 목적으로, 알맞은 방식으로 화를 내는 것은
아무나 할 수 있는 일이 아니며, 쉽지 않다.

― 아리스토텔레스

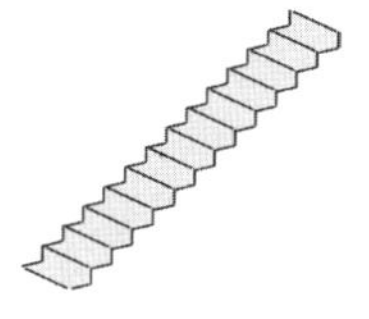

　　교장은 다음 날 아침 커다란 코를 흰 손수건으로 감싸서 코를 풀며 교실로 들어왔다. 마치 코끼리가 트럼펫을 부는 것 같은 소리가 났다. 코를 다 푼 다음에는 축축한 손수건을 펼쳐서 속을 들여다보고 얼굴을 찌푸렸다. 그러더니 손수건을 자기 뒤로 아무렇게나 던진 다음 소리쳤다.

　　"종일 가지고 있다가 나중에 깨끗이 빨아 와라."

　　마일로와 세라 루이스는 서로를 쳐다보았다. 교장의 더러운 손수건을 가지고 있고 싶은 사람은 아무도 없을 것이었다. 하지만 이내 두 아이의 표정은 아주 어두워졌다. 교장의 뒤를 따라다니다가 그 손수건을 조심스럽게 주워 든 케이티 때문이었다. 케이티의 얼굴에는 표정이 없었고 눈빛은 멍했다. 케이티가 제 호주머니에 집어넣는 손수건에서 쩍쩍 붙었다 떨어지는 소리가 들렸다. 진짜 케이티였다면 그런 일은 절대로 하지 않을 것이다.

마일로는 생각했다.

'케이티가 사라졌어.'

마일로는 케이티가 언제나 그랬듯이 자기 책상으로 가면서 친구들과 인사하지 않을까 기대해 보았다. 하지만 케이티는 그저 로봇처럼 교장의 뒤를 따르다가 그의 옆에서 기다릴 뿐이었다. 교장이 가라고 손짓하자 그제야 누구와도 눈을 마주치지 않고 제자리로 갔다.

"자, 너희들도 느꼈기를 바란다만, 최근에 몇몇 학생들의 품행이 참으로 훌륭해졌다. 그렇지 않니, 케이티?"

"맞습니다, 교장선생님. 평생직장 보장학교는 엘리트 학교입니다. 우리는 이 학교에 다니는 것이 영광스럽습니다."

케이티는 아무런 감정이 없는 목소리로 말했다. 원래의 말투에서 느껴지던 선율, 경쾌한 억양과 어조가 하나도 없이 밋밋하고 무미건조했다.

"그렇지. 너희도 이렇게 할 수 없어? 이 애가 얼마나 조용히 학업에만 집중하고 있는지를 좀 보고 배워라."

교장은 잠시 허공을 보다가 다시 아이들을 보며 말했다.

"하지만 걱정하지 마라. 너희도 곧 배우게 될 테니."

그 말의 진짜 의미를 아는 사람은 마일로뿐이었다.

"케이티가 왜 저러지?"

수업이 끝난 후 세라 루이스가 마일로에게 말했다. 마일로는 세라 루이스에게 모든 것을 털어놓았다. 세라 루이스는 큰 충격을 받았다.

"네 말이 맞았어, 마일로. 네 말을 믿을걸 그랬어. 우리 이제 어떡해?"

"나도 모르겠어. 일단 어설라한테 다 말하고 어설라의 생각을 들어보자. 어쩌면 우릴 도와주실 수 있을지도 몰라."

"케이티는 왜 안 왔어?"

그날 저녁 비밀의 정원으로 찾아간 마일로와 세라 루이스에게 어설라가 물었다.

"케이티를 지키지 못했어요. 케이티도 '그들' 중 하나가 됐어요."

마일로는 아픈 마음을 주체하지 못하며 말했다.

"자, 자, 마음을 좀 가라앉히고 무슨 일이 있었는지 얘기해 봐."

"이 학교가 학생들을 '처리'한다는 게 무슨 뜻인지 알아냈어요. 케이티가 '처리'되는 걸 봤어요."

“오늘 아침 케이티가 뇌가 없는 좀비 로봇처럼 변해서 교실
에 왔어요. 마일로랑 저, 둘 다 봤어요. 케이티가 꼭 모범교육생
같았어요.”

이제 마일로는 더 자세히 설명했다.

“이 학교가 오래전부터 학생들을 세뇌해서 인간 로봇처럼
만들어왔어요. 그런데 이제는 그 일을 훨씬 빨리할 수 있는 기
계를 개발했어요. 그렇게 개조한 학생들을 스타이플사랑 다른
곳들에 노예 일꾼으로 ‘팔아먹고’ 있고요. 교장이 그 사실을 자
랑스러워하면서 떠드는 걸 제가 다 들었어요.”

충격으로 얼얼해진 어설라가 말했다.

“이 학교에 수상한 점이 있다고 생각은 했지만, 세상에 그
건 정말⋯⋯.”

마일로는 더 설명했다.

“되도록 많은 학생을 세뇌할 작정인가 봐요. 우선은 이 학
교 애들, 그러고는 세계 곳곳의 아이들을요.”

세라 루이스가 덧붙여 말했다.

“그래서 일등 학교라는 명성을 그렇게나 얻고 싶어 하는 거
예요. 다른 나라에도 분교를 세워서 되도록 많은 아이를 세뇌
하려고요.”

어설라는 아무 말 없이 앉아서 생각에 빠졌다.

"제 눈으로 그 기계를 똑똑히 봤어요. 불쌍한 케이티가 거기에 묶여 있는 것도요."

마일로는 이어 말했다.

"그런데 어쩌면 도움이 될지도 모르는 내용이 있어요."

"그게 뭔데?"

어설라가 물었다.

"교장이 그랬어요. 마음이 강하고 질문하기를 좋아하는 아이들은 무너뜨리기 가장 어렵다고요. 특히 이 학교 시스템에 익숙해지지 않은 어린 학생들일수록 그렇대요. 마음이 열려 있고 질문도 많고 상상력도 활발해서 세뇌가 더 어렵다고 했어요."

"그래? 그렇다면……."

어설라는 자리에서 벌떡 일어났다.

"되도록 많은 아이의 마음을 단단해지게 해야겠다. 열린 마음, 질문하는 마음을 가지도록 해야겠어. 철학으로 말이야. 그 끔찍한 '처리'에 저항할 수 있게."

세라 루이스는 맞장구쳤다.

"네, 그렇게 해요! 저희도 같은 생각을 하고 있었어요. 콘수엘라랑 리엄, 제리는 분명 같이할 거예요."

"내가 학교에 '채소밭 봉사단' 인원을 늘린다고 이야기해 둘게. 너희는 아이들을 더 모아봐. 그 아이들과 같이 최대한 세뇌하기 어려운 마음을 갖도록 훈련해 보자.”

마일로는 말했다.

“네. 그런데 교장이랑 그 무리들이 하고 있는 일을 어떻게든 막을 방법도 찾아야 해요. 곧 크리스마스 연휴잖아요. 우리가 학교의 감시 없이 부모님한테 이 일을 말할 기회예요.”

어설라는 말했다.

“좋은 생각이야, 마일로.”

어설라의 정원을 나서는 마일로와 세라 루이스는 기분이 조금은 나아져 있었다. 케이티 때문에 가슴이 아팠지만, 계획이 생기니 희망이 생겼다. 우린 때로 희망만으로도 계속해서 나아갈 수 있다.

크리스마스 연휴

가장 수준 높은 교육은 그저
정보만을 주는 교육이 아니라,
세상 모든 존재와 조화로운 삶을
살게 해주는 교육이다.
— 라빈드라나트 타고르

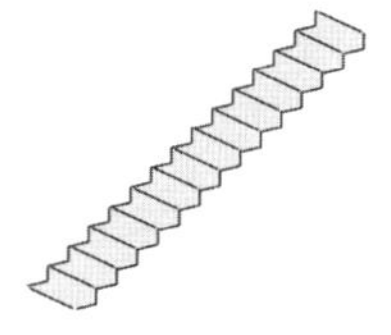

　시험을 치르는 주가 빠르게 다가왔다. 모든 학생들이 스스로를 몰아붙이며 공부하기 시작했다. 졸업반 학생들이 자신들의 인생과 학교의 명성에 결정적 영향을 미치는 국가 공인 평가 시험을 치르기 전에 마지막으로 보는 시험이었다. 평소에도 이 학교에는 긴장되고 불안한 분위기가 있었지만 지금은 거의 광기 같은 것이 흘렀다. 복도는 삼삼오오 모여서 정신없이 수업을 복습하는 학생들로 가득했다.

　마일로와 같은 중등 과정 1학년들에게 이 시험은 학급 성차에 결정적인 영향을 미쳤다. 등수는 학교 곳곳의 스크린에 공공연하게 전시되었다. 또 학교 보고서에도 중요한 내용이 될 거라고 했다. 두페드가 시험지를 실시간으로 채점했고 시험 결과는 곧장 학부모에게도 보내졌다.

그 주는 정신없이 지나갔다. 마일로와 세라 루이스는 공부와 학교에서 시키는 일들 때문에 너무 바빠, 크리스마스 연휴가 되어 학기가 끝날 때까지도 반 아이들에게 접근해 계획을 말할 틈이 없었다.

마침내 집에 오자 마일로는 긴장이 풀렸지만 하고 싶은 일을 (합당한 범위 안에서) 무엇이든 할 수 있는 자유에 적응하는 데는 시간이 걸렸다. 가장 좋은 건 다시 음식다운 음식을 먹을 수 있다는 것이었다. 감자칩, 초콜릿, 팝콘, 소시지, 감자튀김처럼 좋아하는 음식들을 원 없이 먹었다.

그러던 어느 저녁, 엄마 아빠와 저녁을 먹고 있는데 아빠가 마일로에게 물었다.

"마일로, 너 무슨 일 있는 건 아니지? 좀 조용해 보인다."

"별로."

마일로는 우선 조심스럽게 대답했다.

엄마는 말했다.

"마일로, 우리한테는 뭐든 이야기해도 돼. 무슨 일이야?"

엄마 아빠가 관심 어린 눈빛으로 마일로를 쳐다보았다.

"그게……."

마일로는 잠시 말을 멈추고 숨을 들이쉬었다. 학교에서 일어나고 있는 일을 엄마 아빠에게 이야기할 기회가 찾아온 것이다.

"그 학교가 너무 싫어! 모든 게 싫어. 그리고 학교가 기계로 학생을 세뇌한 다음에 스타이플사에 노예 일꾼으로 팔아넘긴다는 걸 알아냈어. 되도록 많은 아이들을 세뇌하려고 하고 있다고."

엄마 아빠가 충격을 받았으리란 생각에 마일로는 천천히 고개를 들었다. 하지만 마일로와 눈을 마주친 두 사람은 미소를 짓고 있었다. 행복한 미소는 아니고 측은하게 여기는 미소, 어린애 보는 듯한 미소였다.

"왜 그렇게 봐?"

"마일로, 괜찮아. 우리도 다 알아."

아빠가 좋은 어른인 척하는 말투로 말했다.

"무슨 뜻이야, 다 안다는 게?"

"괜찮아, 마일로. 우린 너한테 화 안 났어."

이번엔 엄마가 이렇게 말하며 식탁 위 마일로의 손을 잡았다.

"나한테? 나한테 화날 이유가 뭐 있는데?"

"마일로……."

아빠는 잠시 망설이다 말을 이었다.

"네가 학교에서 문제를 일으켰다는 거 알고 있어. 학교 시스템에 적응하기 어려워한 걸 알고 있단 말이야. 다 보고를 받고 있어. 그래도 우리는 괜찮아. 시간이 걸린다는 거 이해한다."

"그래, 마일로, 학교 상담사 선생님하고 여러 번 통화했어. 참 대단하고 마음이 따뜻한 분이시더라."

엄마는 자랑스럽게 말했고, 아빠가 맞장구쳤다.

"그래, 우리는 애그니스 선생님하고 꽤 친해졌어."

"애그니스? 애그니스 거니 선생님? 그 사람이 마음 따뜻하다고? 그게 무슨 말도 안 되는 얘기야."

마일로는 귀를 의심했다.

"그래, 거니 선생님 말이야. 그리고 교장선생님하고도 여러 번 이야기했어."

아빠는 고개를 절레절레 저으면서 말을 이었다.

"그 정도 지위에 있는 사람이 시간을 내어 학부모한테 직접 연락을 한다는 게 나는 아직도 놀라워."

"내가 아는 사람들 이야기하는 거 맞아? 그 사람들은 내가 만나본 사람 중에 제일 잔인한 사람들이야. 우리를 좀비로 만들고 있다고!"

아빠가 다시 미소를 짓고는 엄마에게 말했다.

"이런 말을 할 거라고 교장선생님이 그러시더니, 딱 맞았네."

아빠는 마일로에게 일렀다.

"1학년이 그렇게 느끼는 것은 아주 보편적인 일이야. 큰 변화잖아. 거긴 남다른 교육 방식으로 유명한 학교고. 네가 이 악물고 열심히 하는 수밖에 없어."

"엄마, 엄마도 그렇게 생각해? 엄마도 내가 한 말 안 믿어?"

"당연히 믿지, 우리 마일로. 단지 네 입장에서는 선생님들이 지나치다고 생각해도, 선생님들은 너희들에게 최선을 다하고 계신다는 거지. 우리나라에서 제일 좋은 학교에서 아이들을 가르치시잖아. 물론 힘들겠지만 적응하고 나면 다 네 미래에 도움이 될 거야."

엄마 아빠는 교장이 자주 쓰는 표현까지 그대로 쓰고 있었다.

"아니야, 그런 게 아니야. 엄마 아빠가 어떻게 생각하는지 알겠는데, 지금 학교에서 일어나는 일은 엄마 아빠 생각보다 훨씬, 훨씬 나쁜 일이란 말이야! 지하 동굴에 있는 비밀 실험실을 내가 봤어! 세뇌 기계도 봤다고. 애들이 변하는 것도 똑똑히 봤어. 케이티까지 변했다니까! 이 학교가 우리를 망가뜨리고 있어."

아빠는 작은 웃음을 내뱉었다.

"마일로, 그런 소릴 하면 믿을 줄 알았니? 아일랜드 최고의 학교에 무슨 비밀 세뇌 실험실이 있어. 그리고 케이티 부모님하고도 얘기했다. 지금 케이티가 어떤 바이러스에 걸려서 평소와 다른 것뿐이야."

"그거 다 거짓말이야! 제발, 내 말을 좀 믿어 줘."

"그만해, 이 녀석아!"

아빠가 갑자기 화를 냈다. 아빠는 식탁을 주먹으로 쳤고, 마일로는 놀라서 움찔했다.

아빠는 소리쳤다.

"어리광 그만 부리란 말이다. 이 세상은 험한 곳이야. 널 이 학교에 보내려고 우리가 어떤 희생을 한 줄 알아? 젠장, 우리가 야근을 얼마나 많이……."

엄마가 아빠의 팔에 손을 얹으며 말렸다.

"여보, 진정해. 응?"

아빠는 깊은숨을 들이쉬고는 다시 말했다.

"우리는 너한테 가장 좋은 것을 주고 싶은 거야, 마일로. 너는 제발 좀 참고 노력해. 나중에는 이렇게 말해준 우리한테 고마워하게 될 테니까."

엄마도 달래는 목소리로 말했다.

"아빠도 화내려던 게 아닐 거야. 넌 정말로 공부에 집중해야 해. 우린 네가 할 수 있다고 믿어. 자, 디저트 먹을 사람?"

엄마가 이렇게 물으면서 자리에서 일어나 접시를 치우기 시작했다. 이 대화는 여기까지라는 뜻이었다.

마일로는 너무 당황스러워 할 말을 잃었다. 퍼멀크러시 교장, 그 교활한 사기꾼이 마일로가 집에 오기도 전에 부모에게 작업해 둔 것이었다. 마일로는 고개를 절레절레 저었다.

'치밀하다, 치밀해.'

마일로 가족은 아무 말 없이 디저트를 먹었다.

마일로는 또다시 작아지고 약해지고 제 목소리가 사라진 기분을 느꼈다. 또다시 자신의 말을 듣지 않고 믿지 않는 어른들을 마주하고 있었다. 마일로는 화가 났지만 크리스마스를 망치고 싶지 않았다. 엄마 아빠의 말은 옳지 않지만, 케이티를 도우려면 일단은 아무 일 없는 척해야 했다.

휴일을 집에서 보내면서 마일로는 엄마 아빠가 크리스마스를 특별하게 만들기 위해 정말로 애쓰고 있다는 것을 느꼈다. 남은 휴일 동안에도 이 고마움을 품고 지내려고 노력했다. 하지만 자기 말을 믿지 않는 엄마 아빠에게 화가 나는 마음 역시 그대로였다. 어떻게 같은 대상에게 고마움과 분노가 한꺼번에 느껴질 수 있을까?

교장의 악행을 멈추고 학교의 비밀을 밝히는 것은 이제 마일로의 몫이 되었다. 아니, 마일로와 세라 루이스, 어설라, 그리고 이 계획에 동참할 아이들의 몫이 되었다.

철학 저항단,
미스터리 철학 클럽

대상을 다양한 관점에서 보지 못한다면
마음이 편협한 것이다.

— 조지 엘리엇

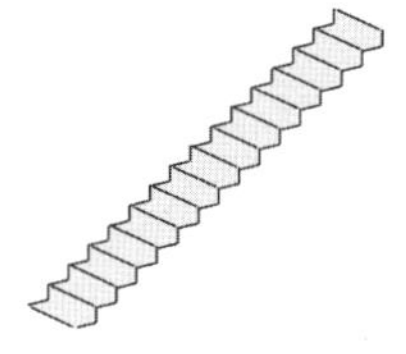

학교로 돌아온 첫날, 개학식이 열렸다. 이 학교의 신화적 지위를 더욱 드높일 또 하나의 기회이기도 했다. 식의 중심은 교장의 새해 인사말이었다. 교장은 귓가에 무슨 말을 속삭이는 거니 선생과 함께 무대로 성큼성큼 걸어 나갔다. 다른 교사들은 가만히 무대 뒤쪽에 서있었고, 그늘 속에서 고개를 숙이고 있어서 얼굴이 보이지 않았다.

"돌아온 것을 환영한다, 학생들!"

교장의 말이 평소보다 빨랐다. 목소리도 평소보다 높고 더욱 광기가 서려 있었다.

"이번 학기는 지금까지와 다를 것이다. 다르고말고."

교장은 다르다는 말을 되풀이하며 걸었다.

"이번 학기는 우리 학교 역사상 가장 특별한 학기다. 올해는 드디어 우리 학교가 전 세계에서 가장 우수한 학교라는 명성을 차지할 해이기 때문이다.”

졸업반 학생들이 손을 위로 올리고 환호했다. 마일로는 기가 막혔다. 그 격렬한 환호가 오로지 오랜 세뇌 때문이라는 것을 알기에 그들이 불쌍했다.

“다만 그때까지 마지막 몇 관문이 남아 있다. 그러니 모든 것이 계획대로 진행되어야 한다.”

교장의 목소리가 점점 커졌다.

“이는 나와 이 학교 시스템에 완전히 복종하는 것 외에는 아무것도 용납되지 않는다는 뜻이다.”

줄무늬 새 양복을 입은 교장이 무대 위를 성큼성큼 걸었다. 손마디가 새하얘지도록 꽉 쥔 주먹으로 붉어진 이마에서 땀방울을 닦았다.

“다시 말해서 너희는 질문해선 안 된다. 말대답도 안 된다. 방해해서도 안 된다. 불평해서도 안 된다. 아픈 척도 안 된다. 모든 나약함은 금지다. 이 경고를 새겨들어라!”

마일로는 교장이 굉장한 부담을 느끼고 있다는 것을 눈치챘다. 제정신이 아닌 사람처럼 보였다.

거니 선생이 교장의 귀에 뭐라고 속삭였다. 교장은 걸음을 멈추고 애써 차분해졌다.

"나의 학생 여러분, 우리는 이 학교가 그 어느 학교보다 훌륭하다는 것을 세상에 보여주어야 한다. 앞으로 1년 내내 조사관과 귀빈이 방문하여 학교를 관찰할 것이다. 여러분이 해야 할 일은 오로지 입을 다물고 열심히 공부하는 것이다."

모범교육생들이 소리치기 시작했다.

"일등! 일등!"

이내 전교생이 미친 듯이 '일등'이라고 함성을 외치고 있었다. 마일로와 세라 루이스는 목청을 다해 함께 외치는 케이티를 바라보았다.

마일로는 슬퍼지는 동시에 결심이 더욱 굳어졌다. 다른 1학년들을 보니 그 아이들 역시 소리치고 있기는 했지만 고학년 학생들 같은 광기는 보이지 않았다. 교장의 계획을 막을 수 있는 희망은 1학년들에게 있었다.

'저항할 수 있는 건 우리뿐이야. 이 일을 막을 수 있는 건 우리뿐이라고.'

교실로 돌아온 교장은 엄청난 기세로 수업을 했다. 수학, 경영, 컴퓨터공학, 회계 수업의 진도를 나가는 속도가 더욱 빨라졌다.

게다가 이제는 학생들이 표정까지 더욱더 조심해야 했다. 쉬는 시간에 최고급 화질의 HD 카메라가 학교 구석구석에 설치되었다. 슬며시 지은 표정이라도 다 녹화되어 각자의 파일에 더해지고, 처벌이 뒤따랐다.

이런 일과가 며칠 반복되었을 때쯤, 마일로는 흐르는 시간에 조바심이 나고 불안해졌다. 어서 학교 시스템에 들키지 않게 아이들을 모아야 했다.

모범교육생들은 여전히 순찰을 했지만 최우선 과제인 '국가 공인 평가' 시험 준비에 집중하기 시작했다. 학교 곳곳에 그들을 격려하는 표어가 붙었다.

전투를 준비하는 우리의 전사들에게 행운을!
절대 우리를 실망시키지 않기를!

마일로는 계획대로 저항단을 꾸려야 한다는 생각 말고는 어디에도 집중할 수 없었다. 주말이 오자 세라 루이스와 마일로는 망설임 없이 몇몇 반 아이들에게 다가갔다.

첫 번째 상대는 콘수엘라 페더브리지였다.

마일로는 시선은 그대로 앞에 두고서 콘수엘라의 귀 가까이에 대고 입술을 살짝 떼어 바람 소리를 냈다.

"쓰읍."

세라 루이스도 콘수엘라의 다른 쪽 귀에 소리를 냈다.

"쓰읍."

"너희 지금 무슨 소리 낸 거야?"

"너, 미스터리 철학 저항단에 들어올 생각 있어?"

"뭐? 뭐에 저항하는데?"

"너도 케이티랑 폴 패트릭 같은 몇몇 애들한테 일어난 일 눈치챘지?"

마일로가 물었다. 콘수엘라는 다른 듣는 이가 없는지 확인하고 대답했다.

"당연하지. 교장은 걔들한테 뭘 한 거야?"

세라 루이스가 대답했다.

"그 애들은 세뇌된 거야. 우리가 다음 차례일 수 있어. 하지만 우리 스스로를 보호할 방법이 있을지도 몰라."

"그게 뭔데?"

콘수엘라는 물어놓고도 초조하게 주변을 둘러보며 덧붙였다.

"이런 이야기 하면 안 될 텐데. 적어도 여기서는."

그래서 마일로는 말했다.

"우릴 믿어. 남은 평생 노예로 살고 싶지 않다면 금요일에 저녁 먹고 나서 2B 구역 복도로 우릴 찾아와."

마일로는 '금요일 오후 6시, 2B 구역 복도'라고 적힌 쪽지를 콘수엘라의 손에 꾹 누르면서 말했다.

"꼭 와!"

마일로와 세라 루이스는 함께할 것 같은 다음 아이를 찾아 주위를 둘러보았다.

"쟤 어때?"

마일로가 옆 식탁에 앉은 남자아이를 가리켰다. 영양죽을 크게 한 숟가락 떠먹고 있던 그 아이는 마일로가 보는 동안 몇 번이나 죽을 입에 제대로 넣지 못하고 턱에 흘렸다.

세라 루이스가 말했다.

"음, 글쎄. 저 애는 이미 너무 변해버린 것 같아."

"줄리아 콘런은?"

"그 모범생? 너 제정신이야?"

세라 루이스는 지난 학기에 몇 번이나 자기보다 석차가 앞선 줄리아에게 아직 감정이 좋지 않은 듯했다.

"줄리아는 딱이야. 뭔가가 잘못되었다는 걸 아는 애거든. 교장이 절대로 의심하지 않을 아이이기도 하고."

"휴. 알았어."

이후 며칠간 둘은 몇몇 1학년에게 더 접근할 수 있었다.

금요일 저녁, 세라 루이스는 2B 구역 복도의 회색 문 앞에 서서 아이들이 도착하기를 기다렸다. 마일로는 문에서 좀 떨어진 복도 모퉁이에 자리 잡았다. 만에 하나 모범교육생에게 걸리면 채소밭 자원봉사를 한다고 설명하기 위해서였다.

머지않아 마일로가 콘수엘라를 발견했다.

"쓰읍."

마일로는 콘수엘라를 향해 소리를 내고 세라 루이스가 있는 곳을 손가락으로 가리켜 보이며 말했다.

"우린 채소밭 자원봉사단인 거야. 기억해."

그다음으로 리엄과 제리 버크가 다가왔다.

"빨리 와. 저쪽이야."

마일로가 속삭이자 둘은 함께 대답했다.

"우리도 알아. 걱정하지 마."

이내 마일로와 세라 루이스가 초대한 모든 아이들이 나타났다. 정원으로 들어가자 너무나 좋은 냄새가 아이들을 맞이했다. 마일로는 잠시 눈을 감고 그 냄새를 들이마셨다. 눈을 뜨니 맛있는 음식이 차려진 탁자와 어설라의 모습이 보였다.

진수성찬이었다. 갓 구운 스콘, 땅콩버터 시럽으로 코팅하고 학교에서 직접 채집한 꿀을 뿌린 사과, 얇게 썬 체더치즈를 곁들인 짭짤한 크래커, 커다란 그릇에 담은 탐스러운 붉은 포도. 한쪽에는 주둥이에서 김이 모락모락 올라오는 커다란 찻주전자도 있었다.

"우아! 여기 뭐야?"

콘수엘라가 말했다. 콘수엘라와 아이들은 식탁으로, 그리고 이곳저곳의 꽃들과 높이 매달린 화분들로 다가갔다.

"정말 작고 귀여운 정원이다!"

줄리아가 말했다.

"엄청 좋아!"

리엄이 감탄했다.

"진짜 알록달록해! 어, 줄리아 네가 여기 어쩐 일이야?"

제리가 말했다. 이름난 우등생이 학교에 반항하려 한다는데 놀란 듯이 말이다. 줄리아는 대답했다.

"그래, 놀랍겠지. 하지만 나도 너희만큼 이 상황이 걱정되거든."

어설라가 아이들을 환영했다.

"잘 왔다, 애들아! 나는 어설라라고 해. 이 학교 농부이고 전에는 교사였어. 너희가 모두 여기에 올 수 있었다는 게 참 다행이다. 자, 모여보자. 시간이 넉넉하지 않거든."

마일로는 이미 버터와 딸기잼을 듬뿍 바른 스콘 하나를 통째로 입에 넣고 있었다.

"어서 다들 자리에 앉아."

아이들은 어설라의 말에 따랐다. 겨울 코트를 입은 채 어설라가 마련해 둔 작은 간이 의자와 빈백에 앉았다. 담요도 있고 쿠션도 넉넉하게 준비되어 있었다.

"진짜 음식의 맛을 기억하게 해주고 싶었어."

어설라는 이렇게 말하면서 맛있는 간식들이 담긴 접시를 돌렸다.

"자, 먹어. 먹으면서 이곳에서 일어나고 있는 일에 대한 마일로의 설명을 들어봐."

"잠시만요."

마일로는 입속에 있던 음식을 서둘러 삼키고 입가에 붙은 부스러기를 털며 목을 가다듬었다.

"와줘서 고마워. 우리가 너희를 여기 모이게 한 건 이 학교에서 굉장히 나쁜 일이 일어나고 있다는 것을 알게 되었기 때문이야. 이 학교가 학생들을 고문하고 세뇌해서 학교 시스템에 복종하도록 만들고, 그런 학생들을 스타이플사에 노예 일꾼으로 팔아넘기고 있어."

"뭐? 그게 사실이야?"

"말도 안 돼!"

"어떻게 알게 됐는데?"

"그런 일은 부모님께 말씀드려야 해."

"잠깐만, 얘들아. 좀 더 들어봐!"

세라 루이스가 자리에서 일어섰다.

"마일로가 말한 건 사실이야. 나랑 마일로의 단짝 친구인 케이티가 완전히 세뇌됐어. 예전의 사랑스러운 모습을 하나도 찾아볼 수 없을 정도로 변했어. 너희도 폴 패트릭이랑 우리 반 다른 애들이 변한 걸 봤잖아. 마일로는 그 일이 일어나는 걸 두 눈으로 직접 목격했어……."

세라 루이스는 가슴이 아파 말끝을 흐리고 마일로에게 이야기를 넘겼다.

"이제 네가 얘기해, 마일로."

"세라 루이스 말이 사실이야. 케이티가 끌려갈 때 내가 뒤따라갔어. 케이티를 이 학교 아래에 있는 거대한 지하 동굴로 끌고 가는 걸 봤어. 지하에는 스타이플사와 연결되는 지하 통로가 있어. '리듀콘6000'이라는 기계도 있는데 그걸로 아이들을 세뇌해. 시키는 대로 다 하고 아무것도 묻지 않는 아이들로 만드는 거야."

"도대체 왜? 왜 그런 짓을 하는 건데?"

"고분고분하고 멋대로 통제할 수 있는 사람들이 가득한 세상을 만들어서 돈방석에 앉으려는 거야, 우리 학교 교장이."

"정말이에요?"

콘수엘라가 어설라에게 물었다.

"안타깝지만 정말이야. 나도 이곳에서 무언가 나쁜 일이 일어나는 게 아닐까 하고 오랫동안 의심해 왔어. 하지만 이 정도일 줄은 상상도 못 했어."

"그러면 어떻게 해? 부모님들한테 이야기해야겠지?"

리엄이 물었다. 그러자 마일로가 어설라와 눈을 맞춘 뒤 이렇게 말했다.

"아직은 이야기하면 안 될 것 같아. 학생보다 부모들에게 먼저 세뇌 비슷한 걸 시키는 게 이 학교의 꼼수 중 하나거든. 그래서 부모님들은 이 학교가 아주 완벽하다고만 믿으셔. 우리가 아무리 불만을 말해도 무시하실 거야."

그러자 콘수엘라가 말했다.

"맞아! 우리 엄마 아빠는 내 말을 아예 안 믿어. 학교에 안 좋은 점이 있다고 말할 때마다 그냥 적응하라는 말밖에는 안 해. 이 일도 폭로해 봤자 분명 내가 엄살 부리고 허풍 떤다고 생각할 거야."

이번엔 줄리아가 말했다.

"아악, 우리 집도 그래. 우리 할머니는 아이들은 그저 입 다물고 조용히 있어야 한다고 생각하는 분이셔. 아무도 우리 말을 안 들어줘."

세라 루이스가 맞장구쳤다.

"맞아. 나도 같은 상황이야."

고개를 끄덕이고 있는 자신의 쌍둥이 동생 리엄을 보면서 제리가 물었다.

"그럼 어떻게 해? 우리 손으로 어떻게 그들을 막지?"

"작은 희망이 한 조각 있어."

마일로가 이렇게 대답하며 어설라를 보았다. 어설라가 말했다.

"그 세뇌 기계에 약점이 하나 있다는 것을 알게 됐어. 강하고 열린 마음, 질문하는 마음을 가진 아이들은 쉽게 세뇌되지 않는다는 거야. 무슨 말이든 들리는 대로 믿어버리는 사람일수록 세뇌가 잘된다고 해."

이제 마일로가 말했다.

"그러니까 우린 일단 마음을 단련해야 돼. 강해지도록, 열려 있도록, 그리고 끝없이 질문하도록. 그걸 하는 방법이 바로 철학이야."

"철학?"

줄리아가 되물었다.

"철학이 뭔데?"

이번엔 콘수엘라가 물었다.

어설라가 싱긋 웃고는 설명하기 시작했다.

어설라는 철학이 놀라움에서 시작된다고 말해주었다. 존재 자체를 놀라워하는 데서 시작된다고 말이다. 우리가 이 세상, 이 우주에 존재한다는 사실을 놀라워하고 왜, 어디에서부터 이곳으로 왔는지 모른다는 걸 놀라워하는 데서 철학이 시작된다고 말이다. 또한 세상에서 인간으로 사는 것의 의미를, 우리가 누구이며 해야 하는 일은 무엇인지를 궁금해하고 탐색하는 일도 철학이라고 했다. 현실에서 완전히 이해하지 못하는 부분을 이해하려 애써보는 것도 철학이라고 했다. 쉬운 정답이 없는 질문을 던지는 것도 철학이라고 했다.

예를 들면 이런 질문들 말이다. '우리는 현실을 정확하게 알 수 있을까? 아니면 보이는 것만 알 수 있을까?', '세상은 공평할까? 아니면 힘이 있는 자가 언제나 유리할까?', '어떤 사람의 행동은 완전히 그 사람 책임일까? 아니면 어떻게 길러졌느냐에 따른 결과일까?'

아이들은 자리에 앉은 채 그 모든 것을 이해하려 애썼다. 어설라는 설명을 이었다.

"하지만 무엇보다도 철학을 하면 질문하는 마음, 열린 마음을 키우게 돼. 그래서 불확실함도 의심도 더 편안하게 받아들일 수 있어. 삶과 세상은 어차피 수수께끼이고, 우리는 그 수수께끼를 이렇게 함께 풀어봐야 해. 더 안전하게 느껴진다는 이유만으로 기존의 단순한 믿음들로 달아나지 말고 말이야. 이 모든 것들을 우린 철학을 통해서 할 수 있어.”

“열심히 듣긴 했는데 완전히 이해가 되지는 않아요.”

리엄의 말에 마일로가 이야기했다.

“나도 처음엔 모르겠더라고. 그런데 철학을 하면 할수록 점점 이해가 됐어.”

콘수엘라가 물었다.

“철학을 어떻게 하는데?”

마일로는 모두의 머그잔에 차를 따르고 어설라가 대답했다.

“대화하면 돼. 삶에 대한 중요한 질문들은 굉장히 복잡하고 어려워서, 인류는 수천 년 동안이나 그 답을 찾으려고 노력해 왔어. 그런데도 아직 정답을 모르지! ‘우주에 시작이 있었나?’, ‘더 많이 가진 사람과 더 적게 가진 사람이 있는 것은 공평한 일일까?’, ‘용기와 어리석음의 차이는 무엇일까?’ 대답하기 어렵지 않니? 그러니까 다른 사람들과 함께 답을 찾아보는 게 좋아. 다른 사람들의 시각과 생각들도 들어보면서 말이야. 그게 바로 철학이야.”

고개를 끄덕이는 아이들을 본 마일로는 어설라를 향해 미소를 지었다. 이 아이들이 진심으로 함께하게 된 것은 어설라의 친절함과 열정 덕분이라는 것을 알았다.

어설라　자, 우선 모두 크게 숨을 한번 쉬고 눈을 감은 다음에, 지금 이 순간과 자기 몸에 정신을 집중해 보렴. 다른 사람들과 함께 철학을 할 때는 마음을 온전히 지금 이 순간에 두는 것이 아주 중요해. 진심으로 서로의 이야기를 듣고, 다른 사람이 전하고 싶은 말에 귀를 기울여야 한다는 뜻이야. 대화를 하면서도 남의 말에 귀를 기울이지 않고 자기가 이야기할 차례만 기다리는 경우가 참 많거든.

마일로와 아이들은 심호흡을 하고 마음을 지금 이 순간에 두었다.

어설라　자, 생각 실험을 하나 해보자.

콘수엘라　생각 실험이요? 그게 뭐예요?

어설라　'만약에 게임' 같은 거야. 어떤 상황을 상상해서, 만약에 그것이 실제라면 어떨까 하고 탐구해 보는 실험이야.

콘수엘라　아, 좋아요.

어설라　자, 그러면 이런 상상을 한번 해볼까? 나에게 반짝이는 파란색 액체가 든 특별한 크리스털 병이 있어. 그 병에 든 액체를 마시면 영원히 살 수 있어. 너희는 마시겠니?

줄리아　불멸의 존재가 되게 해주는 음료를요?

어설라   그렇지. 마시면 죽지 않고 영원한 삶을 얻는 거야.

마일로   에이, 당연히 마시죠. 누구라도 마시지 않을까요? 영원히

          사는 건 사람들이 제일 바라는 거잖아요!

어설라   나라면 안 마실 거야.

리엄   네? 정말요? 죽는 게 안 두려우세요?

어설라   당연히 두렵지. 하지만 두렵다는 게 죽음을 피하고 싶다는

          뜻은 아니니까.

마일로   하지만 영원히 살 수 있다면 훨씬 더 많은 일을 해볼 수 있

          잖아요. 그럼 얼마나 좋겠어요.

어설라   나도 하고 싶은 일은 참 많아. 하지만 잘 생각해 봐, 마일로.

          '영-원히' 사는 거라니까!

    어설라는 무서운 목소리를 내면서 양손으로 발톱을 내미
는 시늉을 했다.

마일로   (웃으며) 네, 무슨 뜻인지 알아요.

어설라   그래. 그렇지만 난 네가 그 말의 의미를 충분히 인식한 건지

          모르겠다. 영원이라는 건 백 년, 천 년보다 긴 시간이야. 10억

          년보다도 길지. 그건…… 영영 끝나지 않는 시간이야. 무한

          해. 상상할 수 없을 만큼 오랫동안이야.

콘수엘라　영원이란 게 길긴 하겠죠. 그래도 그 시간 동안 할 수 있는 것들을 생각하면!

제리　잠깐! 그러면 몇 살이 되는 거예요? 계속 건강한 거예요? 부자예요? 음, 지금 나이 그대로 영원히 살아야 한다면 너무 어린 것 같아요.

어설라　더 정확히 이야기하기 위한 아주 좋은 질문이었어. 너는 몇 살이었으면 좋겠는데?

제리　글쎄요. 27살 정도? 그 정도면 충분히 어른이면서도 즐겁게 살 수 있을 만큼 젊은 것 같아요.

어설라　좋아. 그러면 네가 영원히 27살이고, 건강하고, 돈이 너무 많지는 않지만 걱정하지 않을 만큼은 있다고 해보자.

제리　그러면 저는 영원히 살래요! 저 하고 싶은 일이 정말 많아요.

어설라　그렇다면 영원히 살고 싶은 이유는 더 많은 일을 하고 싶어서인 거야?

제리　네. 인생이랑 세상을 더 경험하고 싶어요. 그게 제 꿈이에요.

어설라　예를 들면?

제리　모든 운동을 아주 잘할 때까지 연습할 수 있을 거예요. 어쩌면 프로선수가 될 정도까지요. 축구, 농구, 럭비…….

리엄　난 헐링(하키와 비슷한 아일랜드 구기 종목-옮긴이)이랑 축구랑 테니스를 할 거야! 전부 다!

마일로   저는 악기란 악기는 다 배울 거예요. 재즈 트럼펫 연주자도
          되고, 로큰롤 드럼 연주자도 되고, 블루스 피아노 연주자도
          될 거예요.

세라 루이스   맞다. 저는 좋아하는 비디오게임 전부 다 해서 끝판까
          지 깰 거예요.

줄리아   난 세상을 여행하고, 세계에서 제일 높은 산을 오르고, 깊
          은 바다랑 호수에서 수영하고 싶어요. 그러면서 코끼리, 호
          랑이, 사자, 온갖 동물들을 다 볼 수 있다면 상상만 해도
          정말!

어설라   강아지도! 난 강아지 정말 좋아해.

줄리아   저도요. 하지만 강아지는 평소에도 볼 수 있잖아요.

어설라   그건 그래. 그리고 또 뭘 하고 싶어?

세라 루이스   미래에 어떤 기술들이 만들어지는지 보면 멋질 거예요.
          시간 여행이나 투명 인간이 되는 기술 같은 거요.

어설라   아, 그래! 인류가 어떤 발명품들을 개발할지 목격하는 것도
          꽤 재미있겠다.

마일로   그때 만들어질 새로운 영화와 음악도! 아, 정말 재미있겠다.
          그리고 수천 년을 살면서 쌓은 지식이랑 경험이 있으니 사
          람들을 얼마나 많이 도울 수 있겠어요? 내 지혜로 남을 도
          울 수 있는 거예요.

마일로의 두 눈이 커다랗게 빛났다. 상상을 할 때 마일로는
살아 있는 기분을 느꼈다.

어설라　모두의 얘기가 아주 설득력이 있네. 너희랑 같이 영원히 살
면 정말로 재미있겠다.

마일로　그런데…… 동반자나 친구도 있을까요? 나와 같이 영원히
살 사람이요.

어설라　아니, 그런 사람은 없어, 마일로. 이 생각 실험에서 영원한
삶을 살게 되는 건 혼자뿐이야.

그 말에 아이들은 멈칫 하고 생각에 잠겼다. 마일로의 상상
이 다른 방향으로 흘렀다. 자신이 쏜살같이 미래로 보내진 것
같았다. 상상 속에서 인류 문명이 일어나고 쇠퇴하는 모습이
보였다. 친구와 가족을 사랑했다가 잃어버리기를 되풀이하는
마일로 자신의 모습도 보였다.

마일로　음…….

어설라　왜 그러니?

마일로　제가 영원히 산다면 할머니 할아버지보다, 엄마 아빠보다,
친구들보다, 그리고 제가 아는 모든 사람보다 더 오래 산다

는 뜻이잖아요. 지금 지구에 있는 모든 사람과, 앞으로 지구
에 있을 모든 사람보다 더 오래요. 만약 가족과 아이들이 있
다면 저는 그대로인데 그들만 늙고 변해가는 걸 봐야 할 거
예요. 죽는 것도 보게 될 거고요. 친하거나 알고 있는 모든
사람이 세상을 떠나도 저는 세상에 남아 있을 거예요.

어설라　그래서 너무 힘들 것 같니?

마일로　모르겠어요. 세상에서 오로지 나 혼자만 영원히 산다면 얼
마나 외롭고 힘들지, 한 번도 생각을 못 해봤어요.

세라 루이스　그래도 새로운 사람을 계속 만날 수 있지 않아요? 새
가족도요.

어설라　그건 맞아. 하지만 영원은 영원이라는 것을 기억하렴. 누군
가를 잃어버리는 경험을 여러 번, 수백, 수천, 수백만, 수십
억만 번 계속 겪어야 한다는 것을 말이야.

콘수엘라　그건 힘들 것 같아요. 외로울 것 같고요.

줄리아　그리고 지루하기도 할 것 같은데.

제리　지루해? 할 일이 그렇게 많은데 지루할 틈이 있겠어?

세라 루이스　그렇지만 나중을 생각해 봐. 하고 싶은 걸 다 하고 난
다음, 그것들을 두 번, 세 번, 네 번씩 다 하고 난 다음을 말
야. 물론 아주 여러 번 할 수는 있지만 결국에는 어떤 일이
든 할 만큼 해서 지루해질 거야. 영원히 산다면 시간이 흐르

지 않는 것 같을지도 몰라.

제리　난 그럴 것 같지 않은데.

어설라　그래? 넌 그 일들이 영원히 재미있고 할 만할 것 같아?

제리　글쎄요. 어설라는 매일 하시는 일이 있어요?

어설라　매일 차를 한 잔 마시지. 보통은 한 번 이상.

제리　그래도 질리지 않으시죠?

어설라　응, 질리지 않아.

제리　차가 무슨 맛인지, 어떻게 만드는지도 이미 알잖아요. 놀라울 게 하나도 없죠. 그래도 계속 차를 드시잖아요.

어설라　좋은 지적이네. 나한테 차를 만드는 건 성스러운 의식에 가까워.

리엄　맞아요, 바로 그거예요! 우리가 특별하다고 여기기 때문에 특별한 일이 되는 거예요.

마일로　그러네. 어떤 일 자체가 꼭 재미있거나 신나는 게 아니라, 우리가 거기에 의미를 부여하는 거야.

줄리아　그렇지만 우리가 어떤 일에 영원히 의미를 부여할 수 있을까? 우리가 그만큼 강할까?

콘수엘라　난 잘 모르겠어.

마일로　나도.

어설라　그게 철학의 아름다움이지. 선택하지 않아도 돼. 확실하지 않아도, 의심을 품어도 괜찮아. 이번 질문은 원래부터 어려운 거였어.

세라 루이스 실제로 일어날 일도 아니니까 결정할 필요도 없잖아요.

어설라 그래. 하지만 또 모르지. 미래의 언젠가는 이런 선택을 해야 할지도.

마일로 맞아요. 불가능한 일은 아닌 것 같아요.

어설라 어쨌거나 정답을 내리는 게 중요한 게 아니야. 정답은 없는지도 몰라. 자유롭게, 어떤 질문이든 한다는 게 중요한 거지. 처음에는 하찮게 느껴지는 질문이라도 말이야.

리엄 하찮게 느껴지는 질문요? 어떤 질문이 그런데요?

어설라 이 학교 교장 퍼멀크러시 박사는 방금 우리가 한 것처럼 불멸의 삶에 대해서 토론하는 것이 시간 낭비라고 생각할 거야. '진지'하거나 '중요'한 일과는 아무 상관 없는 하찮은 질문이라고 말이야. 하지만 우리는 삶을 의미 있게 만들어주는 것들에 대해서 토론을 한 거잖아. 그보다 중요한 주제가 어디 있겠어?

마일로 우리가 그런 토론을 한 거예요?

어설라 그럼. 이런 생각 실험을 하다 보니 영원히 산다는 것에 대해서 이런저런 생각들을 해볼 수 있었잖니. 반대로 우리가 영원히 살지 않는다는 사실에 대해서도 토론한 셈이야. 사람이 언젠가 죽는다는 것이 처음에는 나빠 보였지. 하지만 이렇게 이야기를 하다 보니 죽는 게 좋은 일일 수도 있지 않나 하고 생각해 보게 됐잖아. 인생이 그래서 특별한지도 모르겠다고 말이야. 어쩌면 인생이 짧은 덕분에 우리가 가진 것에 고마움을 느낄 수 있는지도 몰라.

세라 루이스　이해가 돼요. 그리고 왜인지는 모르겠지만 이런 대화를 하다 보니 살아 있어서 행복하다는 기분이 들어요.

어설라는 미소를 지었다. 아이들은 첫 번째 철학 대화가 정말로 즐거웠던 모양이다.

마일로가 말했다.

"어설라와 이런 대화를 할 때마다 이 세상이나 학교나 다른 모든 문제가 녹아 없어지는 것 같아요."

세라 루이스가 말했다.

"맞아요, 저도 그렇게 느꼈어요."

"그래. 무언가에 완전히 몰입하거나 어떤 일에 푹 빠지면 그런 느낌이 들지. 그건 참 기분 좋은 순간이야. 하지만 이제 가야 할 시간이다. 마일로도 그렇고, 모두 꼭 조심해야 한다. 아무도 들켜선 안 돼. 어떻게 이 학교의 악행을 막을지 다 같이 방법을 찾아내야지. 이 일에는 너희 모두가 필요해. 너희 모두 계속해서 질문하고 생각해야 하고."

"함께해 주셔서 정말 감사해요, 어설라."

리엄이 말했다. 그러고는 식탁에서 스콘 하나를 더 집어 들었다. 형에게서 그 스콘을 빼앗은 제리가 "고마워!" 하며 한입 베어 물었다. 모두가 웃었다.

줄리아는 말했다.

"정말 좋았어요. 학교 수업보다 훨씬 더요!"

어설라는 대답했다.

"아이고, 고마워라. 너희를 위해서라면 기꺼이 할 수 있어."

이어지는 몇 달 동안 아이들은 몇 번 더 비밀의 정원에 모였다. 모여서 철학 대화를 하기 시작한 후부터 마일로와 친구들은 정신적으로도, 감정적으로도 더 강해졌다. 더는 어깨가 축 처진 채 걷지 않았다. 교장이 쳐다볼 때 눈을 피하지도 않았다. 아이들에게는 이제 목적이 있었다. 교장과 대범하게 눈을 마주쳤다. 그러면 안 된다는 교칙은 없었으니까. 하지만 교장은 아주 싫어했다.

어느 날 아이들이 철학 대화를 마친 후 농담을 하며 교실로 들어가는데 교장이 수상쩍다는 듯 한쪽 눈썹을 올렸다. 교장은 근심 없고 명랑한 행복을 목격하면 언제나 수상하게 생각했다.

교장은 불만에 찬 신음을 뱉고는 가장 충실한 노예가 된 케이티에게 무언가를 속삭이며 마일로를 노려보았다.

마일로는 교장에게 비웃음을 날리고 싶은 걸 꾹 참았다. 조금이라도 교장을 자극했다가는 '처리'를 당할 것이 분명했기 때문이다. 너무 많은 책임을 안고 있으니 내키는 대로 행동할 수가 없었다. 마일로는 교장과 이 학교, 그리고 스타이플사를 무너뜨려야 했다. 오직 그 생각뿐이었다.

아직도 학생들이 사라지고 있었다. 거의 일주일에 한 명꼴이었다. 마일로는 미스터리 철학 저항단이 이따금 만나서 마음을 훈련하는 것이 즐겁기는 해도, 그것만으로는 부족하다는 것을 알았다. 세뇌를 멈출 계획을 생각해 내야 했다.

13

비밀이 탄로났다!

지식이 많아진다고 해서
현명해지는 것은 아니다.
― 헤라클레이토스

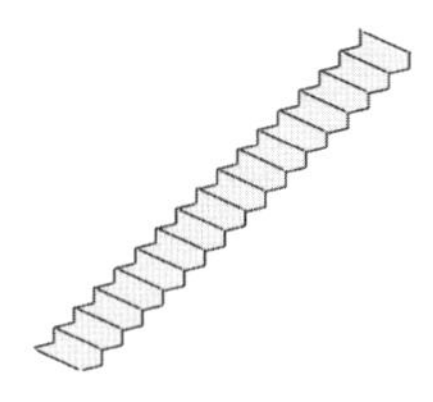

미스터리 철학 저항단은 성대한 졸업식이 열리기 전에 다시 한번 만났다. 다들 어설라의 정원 속 커다란 나무 아래에서 보내는 그 순간에 온 정신을 집중했다.

어설라　'삶의 목적은 행복이다.' 이 말에 동의하는 사람?

콘수엘라　저요!

어설라　왜?

콘수엘라　음, 행복은 우리가 느낄 수 있는 가장 좋은 기분이니까요. 행복할 때 우리는 아무것도 변하지 않기를 바라요. 우릴 행복하게 해주는 것이 앞으로도 그대로 있어주기를 바라죠. 저는 우리가 하는 모든 일이 행복하기 위해서 하는 일이라고 생각해요.

줄리아   그렇게 생각해? 난 과연 그럴까 싶어.

콘수엘라   응, 당연히 그렇게 생각하지. 영화 보는 거, 친구랑 노는 거, 음악 듣는 거, 다 행복해지기 위해서 하는 일이잖아. 다들 행복한 게 최고라고들 말하고.

줄리아   그렇긴 하지만 우린 일부러 슬픈 영화를 보고 울기도 하잖아. 슬픈 노래를 듣고 울기도 하고. 기분 안 좋은 친구를 위로하기도 해. 그런 건 행복해지려고 하는 일이 아니지 않아?

콘수엘라   음, 좋은 지적이네. 글쎄. 하지만 길게 보면 그런 일들도 행복해지기 위해 하는 일인지도 몰라. 잠깐 슬픔을 느끼거나 친구에게 힘이 되어 주고 나면 결국엔 행복해질 수 있으니까.

마일로   나도 비슷한 생각이야. 그런데 내 생각에 즐거움이랑 행복은 좀 다른 것 같아.

리엄   뭐가 다른데? 단어만 다르지 뜻은 같은 거 아니야?

마일로   아닌 것 같은데. 즐거움은 잠깐 일어나는 감정이고, 행복은 좀 더 오래가는 감정 같아. 이를테면 우린 평소에 대체로 행복한 사람이 될 수 있어.

세라 루이스   그럴 수도 있지. 하지만 어쨌건 나는 우리가 늘 행복하기만 할 수는 없다고 생각해. 그건 불가능해.

콘수엘라　불가능할 수도 있어. 그런데 이 질문은 삶의 목적에 대한 거잖아. 그러니까 불가능하더라도 목표가 될 수는 있지. 늘 행복하려고 노력할 순 있잖아. 안 그래?

제리　난 '늘 행복하기'가 좋은 목표인지 잘 모르겠어. 아무리 그냥 노력하는 거라고 해도 말이야. 너무 부담될 것 같아. 행복한 기분이 들지 않으면 뭔가 잘못하고 있는 것 같고, 실패하는 것 같고, 그럴 수 있잖아. 내 말뜻 알지?

줄리아　그래, 나도 그렇게 생각해. 나는 슬플 때도 있고 화날 때도 있고 짜증 날 때도 있어야 행복할 수도 있는 것 같아. 여러 감정을 느껴도 괜찮은 거야.

콘수엘라　사람이 여러 감정을 느낀다는 점에는 나도 동의해. 그래도 난 인생에서 가장 좋을 땐 행복할 때라고 생각해. 그러니까 되도록 행복해지려고 노력하고 싶어.

어설라　그러면 이번에는 이런 생각 실험도 한번 해보자. 리듀콘을 상상해 보는 거야. 단, 이 기계가 우리를 멍청하게 만들거나 고분고분해지도록 세뇌하는 것이 아니라, 우리가 완벽한 삶을 살고 있다고 믿게 해주는 거지. 우리가 원하던 모든 것, 가졌으면 하고 꿈꾸었던 모든 것이 있는 삶을 말이야. 실제로는 밤낮없이 늘 가만히 의자에 앉아만 있는데, 보고 듣고 느끼는 완벽한 가상현실은 꼭 현실처럼 느껴져. 너희라면 이렇게 되는 것을 선택하겠어?

콘수엘라   네, 정말 좋을 것 같은데요.

마일로   절대 싫어요!

어설라   왜? 원했던 모든 걸 가질 수 있는데.

마일로   음, 진짜가 아니니까요. 진짜인 척하는 가짜잖아요.

콘수엘라   그게 중요해?

마일로   뭐, 모르긴 하지만, 가짜 환상의 세계에서 산다는 게 이상하게 느껴져. 그렇게 살면 무슨 의미야? 아무 도전도 없잖아.

줄리아   나도 마일로랑 같은 생각이야. 삶은 도전의 연속이라 쉽지 않지만, 그래서 재미있기도 해. 다 그만두고 즐거움의 동굴에 숨어버리는 건 살아도 사는 게 아니야.

리엄   나도 그건 별로야. 그런데 내가 별로라고 생각하는 이유는 아무 소통이 없기 때문이야. 세상하고 연결되어 있지 않은 거잖아. 우리가 지금까지 이야기한 행복은 전부 개인적인 행복에 관한 거였어. 그건 좀 이기적인 것 같아. 나는 주변 사람이나 세상이랑 소통하고 공감하는 게 삶에서 가장 중요한 것 같아.

어설라   흥미로운데. 그 관점 마음에 든다.

리엄이 자신이 한 말을 뿌듯해하며 빙긋 웃었다.

콘수엘라 저도 리엄의 생각이 마음에 들긴 하는데요, 그래도 전 여전히 삶의 목적은 행복 같아요. 행복해질 수 있는 좋은 방법 중 하나가 세상과의 소통인 거고요

마일로 그런데 꼭 삶에 목적이 있는 건가? 왜 그런 게 있어야 하지?

리엄 그러게. 어설라, 삶의 '목적'이라는 게 무슨 뜻이에요?

어설라 무슨 뜻인 것 같아? 네 생각은 어떠니?

리엄 목적이 있다는 건 목표나 의미가 있다는 뜻 같아요. 우리가 무슨 일을 하는 이유가 있다는 것, 아침에 일어나서 계속 살아가는 이유가 있다는 것 같아요.

어설라 옳은 말 같네. 너희는 삶에 목적이 있다고 생각해?

세라 루이스 저는 삶의 목적은 그냥 후손을 낳아서 종족을 유지하는 것 같아요. 다른 모든 생명체들처럼요.

제리 누가 그게 목적이래?

세라 루이스 누가 그러진 않아. 하지만 결국 살아 있는 모든 것들이 해내려는 건 그거잖아. 자기 종족을 유지할 방법을 찾는 것.

줄리아 그렇다면 아이를 갖지 않기로 한 사람들은 삶의 목적 달성에 실패하는 거야? 그렇게 생각하는 건 좀 싫은데!

세라 루이스 그래, 그건 좀 잔인한 것 같네.

마일로 나는 자기 목적은 자기가 직접 만든다고 생각해. 삶의 목적이 무엇인지 각자가 선택할 수 있는 거야. 자기가 정했다가

마음이 변할 수는 있겠지. 그래도 이미 정해져 있거나 다른 사람이 정하는 게 아니라 자기한테 달린 거야.

어설라　나도 그 생각이 참 좋은데. 그리고 그 목적을 찾는 것을 철학이 도와줄 수 있다고 생각해.

이렇게 대화를 이어가던 중, 갑자기 하늘에서 빠른 속도로 드론들이 내려왔다. 잠시 다들 무슨 공격이라도 당하는 건가 싶었다. 하지만 드론들은 정원에 이르자마자 뚝 멈춰서 모두의 머리 위에서 완벽한 원을 이루며 떠있었다. 조용히, 그러나 한 사람 한 사람에게 스포트라이트를 비추면서 말이다. 어떻게 된 일인지 알아보려고 다들 일어설 때, 쾅 하는 소리가 났다. 문이 벌컥 열렸다.

활기차던 말소리는 완전히 사라졌고, 학생들과 어설라는 소스라치게 놀라 고개를 돌렸다.

이 광경을 믿을 수 없다는 듯 분개한 교장이 문을 열고 서 있었다. 일그러진 표정의 교장 옆에는 아무 표정이 없는 케이티와 폴 패트릭이 서있었고, 바로 뒤에 네 명의 모범교육생이 서 있었다. 빤히 응시하는 그들의 멍한 눈빛 때문에 이 상황이 더욱 무서웠다.

"도대체 무슨 꿍꿍이야?"

교장이 소리쳤다.

어설라가 나서서 교장과 아이들 사이에 섰다.

"진정하세요, 교장선생님. 걱정하실 것 없습니다. 이 아이들이 채소 재배를 도와주고 있을 뿐이에요."

"헛소리 그만해! 채소는 무슨 채소. 여기 채소라고는 없는 것 다 알아."

"교장선생님, 제발 진정하세요."

"나한테 맞설 생각 하지 마!"

교장은 이렇게 소리치며 어설라를 때리기라도 할 것처럼 주먹을 들었다.

"이런 한심한 인간도 교사라니. 채소 재배 좋아하네. 기회가 있을 때 진작 내쫓아야 했어!"

"어설라한테 그렇지 말하지 마세요."

마일로가 이렇게 말하며 교장에게로 다가갔다. 어설라는 마일로를 말리며 붙잡았고, 모범교육생들은 자신의 통제자인 교장을 보호하기 위해 나서서 마일로의 두 팔을 붙들었다. 교장은 누군가가 자기에게 반발하는 데 익숙하지 않은 나머지 놀라서 물러섰다. 교장은 자신의 어린 경호원들 뒤에서 안전해진 다음에야 자세를 되찾았다.

"마일로를 건드리지 마세요!"

어설라가 외쳤다.

"입 닥쳐."

교장은 쏘아붙였고, 모범교육생에게 붙들려 몸부림치고 있는 마일로를 돌아보았다.

"너!"

그는 분노로 부들부들 떨면서 소리쳤다.

"이 일에 네가 끼어 있을 줄 알았지. 지금 여기서 무슨 일이 벌어지고 있는지 정확히 말해라."

어설라는 아이들에게 입 모양으로 '괜찮아'라고 말했다. 그리고는 최대한 상대의 마음을 진정시키는 목소리로 교장에게 말했다.

"걱정하실 일은 아무것도 없어요, 교장선생님. 학생들 몇몇이 그냥 이야기를 나누려고 온 것뿐입니다."

"이야기를 나눌 시간이 어디 있어. 그리고 이야기는 무슨 이야기? 내가 그 말을 믿을 줄 알고? 무슨 계략을 짜고 있는 거지? 대체 뭘 알고 있는 거야?"

"진정하세요."

어설라는 마치 야생동물을 길들이듯이 한 걸음 다가서면서 말했다.

"우린 그냥 삶과 우주와 그 사이에 있는 것들에 관해서 수

다를 뿐이에요. 그렇지 않니?”

“맞아요, 나쁜 일은 안 해요.”

세라 루이스는 말했다. 교장에게 맞서는 건 처음이었다. 세라 루이스가 눈을 맞추며 고개를 끄덕이자, 줄리아가 거침없이 말했다.

“저희는 삶의 의미에 대해서 이야기를 나누는 것뿐이에요, 교장선생님.”

모두가 놀라 숨을 죽였다. 교장이 가장 총애하는 학생이 교장에게 맞선 것이다.

교장이 고함쳤다.

“이건 엉망진창이야! 학생이 몰래 엉뚱한 데로 빠져나가? 내 오랜 교사 생활에서 이런 반항은 듣지도 보지도 못했어!”

교장은 정원 안을 성큼성큼 오가다가 어설라 앞에 멈춰 섰다.

“이 학교에 붙어 있도록 은혜를 베풀었더니 뒤에서 이런 짓을 해? 무슨 이런 얼토당토않은 일이 있나!”

“얼토당토않은 일이 아니에요. 아이들한테는 학교에서 물을 수 없는 질문이 많이 있어요. 하고 싶은 말이 많다고요. 그래서 여기서 이야기를 하는 겁니다.”

“그런 헛소리 다시는 꺼내지 마. 당신의 철학 어쩌고 하는 허무맹랑한 소리를 들어주었다면 우리 학교가 지금 이 위치에 있었을 것 같아? 세계 일등의 문턱에 서있을 것 같냐고!"

교장은 보라색 꽃 화분을 발로 차 넘어뜨리고는 여린 꽃잎들을 짓밟았다. 그는 아이들을 가리키며 말했다.

"너희 모두 지금 당장 데려가서 '처리'할 거다. 다시는 내 말에 거역하지 않게 만들어주겠어! 당장 아래로 끌고 가!"

모범교육생들이 스마트워치를 눌러서 아이들의 교복을 굳혔다. 그러고는 아이들을 붙잡고 정원 밖으로 끌어내기 시작했다.

어설라는 항변했다

"교장선생님, 이러시면 안 됩니다. 죄송합니다. 다 제 잘못이에요. 이제는 모이지 않겠습니다. 제발 이 아이들에게 그걸 하지 말아주세요."

교장은 홱 고개를 돌렸다.

"뭘 하지 말라는 거야? 당신, 뭘 알고 있어?"

교장은 초록색 눈을 가늘게 뜨고 어설라를 노려보았다.

"전 아무것도 모릅니다. 뭐가 됐든 아이들을 다치게 하거나 벌주지는 말아주세요. 좋은 아이들입니다. 아이들을 그냥 놓아주세요."

마일로는 문을 붙잡고 모범교육생들의 힘센 손아귀에서 벗어나려 기를 쓰고 있었다.

교장은 웃음을 내뱉고 말했다.

"당신은 너무 물러, 어설라. 항상 그랬지. 이 아이들은 앞으로 닥칠 일을 피할 수 없어. 나는 내 뜻대로 하고, 번복은 없으니까."

교장은 돌아서서 걸어갔다.

"당신과 이 정원을 어떻게 할지는 추후 결정하겠지만 짐을 싸는 게 좋을 거야. 당신은 이제 끝났으니까."

아이들은 엘리베이터로, 그리고 지하 동굴로 끌려갔다.

교장은 거니 선생에게 전화했다.

"실험실로 오시오. 계획을 좀 더 빨리 실행하게 됐으니까. 어서!"

엘리베이터의 철문이 열리고 아이들은 지하 동굴의 차가운 공기 속으로 끌려 들어가 동굴 속을 걸어갔다. 무슨 일이 일어나고 있는지를 파악하려 정신없이 주위를 살폈다.

하지만 마일로만은 이미 알았다. 이들이 자신과 친구들을 끌고 가는 곳은 긴 시간 동안 가상현실 고문과 세뇌가 이루어질 실험실이라는 것을 말이다. 꼼짝없이 붙들려 있던 케이티의 눈빛과 축 늘어져 경련하던 몸은 마일로의 기억 속에서 영원히 지워지지 않을 것이었다.

'강한 마음, 질문하는 마음, 열린 마음은 가장 무너뜨리기 어렵다. 강한 마음, 질문하는 마음, 열린 마음은 가장 무너뜨리기 어렵다.' 마일로는 속으로 이렇게 되뇌기 시작했다. 그러다 크게 소리 내어 말하기 시작했다. 친구들에게도 들리도록.

"무엇에 대해서든 질문할 수 있고, 질문해야 해. 남이 믿으라고 한다고 그냥 믿어서는 안 돼. 스스로 생각해야 해."

아이들은 실험실 방향이라고 적힌 표지판을 따라 통로로 나아갔다.

그리고 그것이 보였다. 천장 중앙에 매달려 마치 잠을 자는 사형 집행자처럼 파괴할 다음 생명을 기다리고 있는 리듀콘 6000말이다.

스타이플사의 기술자들이 그곳에 서서 거니 선생과 이야기를 나누고 있었다. 교장이 곧장 그들에게로 가서 말했다.

"하던 일이 뭐든 당장 멈춰. 버릇없는 놈들 여섯 명을 데려왔다. 이 학교에 대항하는 악랄한 죄를 저지른 녀석들이야. 당장 여기서 끌어내 내 뜻대로 해결하고 싶지만, 요즘에는 그렇게 할 수 없지. 그러니까 차선의 방법대로 한다. 성격을 없애고 의지를 파괴해서 복종하는 학생으로 바꾼다."

"어떻게 진행하고 싶으십니까?"

거니 선생이 물었다.

"애초에 리듀콘이 한 번에 여러 학생을 처리할 수 있게 하는 게 목표였지. 이번에 이 기계의 처리 능력을 시험해 보지."

교장은 무사마귀에 덮이고 뼈대가 튀어나온 손으로 그 기계를 쓰다듬었다.

마일로의 눈에 기술자들의 표정이 보였다. 충격을 받은 듯했다. 그들은 믿을 수 없다는 듯이 거니 선생을 바라보았다.

나이가 많은 한 기술자가 입을 열었다.

"교장선생님, 그건 좋은 생각이 아닌 것 같습니다. 이 기계는 아직도 실험 단계에 있습니다. 한 번에 한 명 이상은 시도해 본 적이 없습니다."

"조용히 해! 우물쭈물할 시간이 어디 있나. 이제 곧 온 세상의 눈이 이 학교를 향할 테고 모든 게 완벽해야 하는데. 어서 헤드셋을 가져와!"

이번엔 다른 기술자가 말했다.

"하지만 교장선생님, 이건 미친 짓입니다. 이 기계가 학생 여섯 명을 각자에게 맞는 가상현실 시나리오로 '처리'할 가능성은 매우 낮습니다."

"가능성이 낮다고?"

"네, 매우 낮습니다."

"그럼 없다는 건 아니네."

"시도하기에는 너무 위험합니다. 무모한 짓이에요!"

“그건 내가 판단해. 자, 당장 헤드셋을 가져와! 한 번만 더 말대꾸하면 더는 스타이플사에 발 못 붙일 줄 알아! 모범교육생들, 준비해라.”

모범교육생들이 마일로와 아이들을 의자에 붙들어 매기 시작했다.

기술자들이 밀고 온 이동식 선반에는 반짝이는 검정색 헤드셋이 잔뜩 있었다. 길고 가느다란 금속 집게와 매끄럽고 까만 가리개가 달린, 마일로의 눈앞에서 케이티의 얼굴에 씌운 헤드셋과 똑같았다.

거니 선생은 기술자 한 명과 함께 기계의 제어반에 서있었다.

“거니 선생, 제발요. 이건 아닙니다. 어리석은 일이에요. 애들에게 그냥 평범한 벌을 줍시다. 졸업할 때까지 기다렸다가 한 번에 한 명씩 ‘처리’하자고요.”

거니 선생은 텅 빈 눈빛으로 앞만 보며 말했다.

“교장선생님 말씀 들으셨잖아요. 명령대로 하십시오.”

“시키는 대로 좀 해!”

교장이 기술자에게 외쳤다.

“문제가 바로 학생들이라는 것을 깨달은 천재가 바로 나야. 그놈들의 의지를 짓밟아 없애야 한다는 것을 알아낸 것도 나야. 그놈들을 팔아서 이윤을 낸다는 생각을 한 것도 나야. 완벽한 노예 일꾼들을 만들어내는 완벽한 시스템을 개발한 것이 나란 말이야. 그런데 감히 내 말에 반기를 들어?"

"저는 여기에 참여하지 않겠습니다."

기술자 한 명이 이렇게 말하고는 그곳에서 나가려 했다. 그러나 교장이 그 여자의 팔을 붙잡고는 말했다.

"가긴 어딜 가. 어서 헤드셋을 씌워."

이제 마일로는 정말로 두려워지기 시작했다. 교장은 그나마 나은 상태일 때에도 미친 사람 같았지만, 지금의 광기는 차원이 달랐다. 마일로는 아이들에게 속삭였다.

"다들 내 말 잘 들어. 무슨 일이 일어나든 기억해. 강한 마음, 질문하는 마음, 열린 마음은 가장 무너뜨리기 어렵다."

"입 다물어!"

교장이 쏘아붙였다.

"내가 후회할 짓을 저지르기 전에 이놈들 입에도 띠를 채워!"

"아니, 입 안 다물 거야!"

이제 잃을 것이 없는 마일로는 계속 소리쳤다.

"세라 루이스, 콘수엘라, 리엄, 제리, 줄리아, 우린 이겨낼 수 있어. 마음을 닫지 마. 보이는 걸 무서워하지 마. 그게 뭐든 진짜가 아냐. 강하게 버텨. 다 우릴 겁먹게 만들어서 명령을 따르게 하려는 수작일 뿐이야.”

마일로는 어설라가 철학에 관해 들려준 말을 기억나는 대로 계속 내뱉었다.

“강한 마음, 열린 마음, 질문하는 마음이 가장 무너뜨리기 어려⋯⋯.”

이 말을 마지막으로 마일로의 입은 모범교육생이 붙인 두꺼운 검정 테이프에 막혔다.

그들은 리듀콘을 확장시키는 강철 구조물을 붙이고, 가상현실 헤드셋을 굵고 무거운 검정 전선으로 구조물에 연결하기 시작했다.

마일로는 친구들의 눈을 보았다. 그 속에는 극도의 두려움도 있었지만, 굴하지 않는 마음도 보였다.

“기계를 작동시켜!”

교장이 명령했다.

마일로는 기술자들을 바라보며 눈빛으로 간청했다. 그들 역시 마일로를 바라보았고, 무슨 수라도 있기를 바라듯 주저했다. 하지만 결국 커다랗고 빨간 버튼을 눌렀다.

리듀콘이 웅웅 소리를 내면서 작동하기 시작했다.

“각 학생의 두페드 파일을 전송해 주십시오.”

두페드의 목소리가 나오고 거니 선생이 아이들의 파일을
리듀콘6000의 데이터베이스로 보내기 시작했다. 내력, 행동,
성적, 가족 구성원, 좋아하는 것과 싫어하는 것 따위를 바탕으
로 각자에게 맞는 가상현실을 만들어내기 위해서라고 마일로
는 짐작했다.

"기기를 시야에 장착하십시오."

웅웅 소리가 더욱 커지면서 리듀콘이 앞으로 움직였다. 아
이들은 힘없이 운명을 기다리며 앉아 있었다.

리듀콘이 다가올 때, 마일로는 입에 붙은 테이프를 혓바닥
으로 밀어내 공간을 만들고는 외쳤다.

"기억해! 강한 마음, 열린 마음, 질문하는 마음은 무너뜨리
기 어렵다! 강한 마음, 열린 마음, 질문하는……."

교장이 빠르게 다가가 마일로의 입에 새 테이프를 붙였다.
그러고는 죽일 듯한 눈빛으로 마일로를 바라보다가 기술자들
에게 말했다.

"기계를 최고 강도로 설정해! 성능을 최대치로 써야겠어."

시작되었다.

마일로는 마음의 준비를 했다. 두 개의 가느다란 집게가 점
점 다가오더니 마일로의 눈 주변을 눌렀다. 눈이 억지로 너무
크게 뜨여 눈알이 쏟아질 것만 같았다. 너무나 아팠다.

그때 안개 같은 물이 뿌려졌다. 마일로는 잠시라도 눈을 깜빡여 눈꺼풀을 닫고 싶었지만 그럴 수가 없었다.

까만 헤드셋이 머리에 단단히 씌워졌고, 마일로는 그 힘에 밀려 다시 의자에 앉았다. 눈앞에서 빛이 사라지더니 끝없고 깜깜하기만 한 공간에 떨어진 것 같았다.

그때 단번에 의자가 공중으로 솟아서 아이들의 팔다리가 저절로 펴졌다.

천천히 어둠 속에서 이미지와 모양이 보이기 시작했다. 하지만 화면을 보는 느낌은 아니었다. 마치 깊은 잠을 자고 난 후 눈을 뜨는 것 같은 느낌이었다.

마일로는 교실에 있었고 교사가 소리를 치고 있었다.

"너처럼 엉망인 학생은 가르쳐 본 적이 없다!"

친구들이 싫고 실망스럽다는 표정으로 마일로를 보고 있었다. 세라 루이스와 케이티조차도 한심하다는 듯 고개를 저었다.

상황은 더 나빠졌다. 사람들이 무언가를 던지기 시작했다. 이런 말이 되풀이되어 들려왔다.

"너는 완전히 망했어. 너는 아무것도 아니야. 너는 여기 있을 자격이 없어. 아무도 너를 좋아하지 않아."

마일로는 어리벙벙했다. 질문하는 강한 마음으로 버티겠다는 결심도 머릿속에서 빠져나가 버렸다. 가장 두려워했던 일을 경험하고 있기 때문이었다. 친구들에게서 완전히 거부당하는 일.

정말로 지금 일어나는 일 같았다. 냄새, 분위기, 시간 감각까지 모든 면에서 그랬다. 마일로는 자신이 어느덧 흐느끼고 있다는 것을 깨달았다.

그때 죽은 동물의 사체를 우글우글 파먹고 있는 구더기가 아주 잠깐 시야에 가득했다가 새로운 장소가 나타났다. 엄마 아빠가 거니 선생의 사무실에서 몸이 들썩이도록 흐느끼며 소리치고 있었다. 두 사람은 마일로를 보았고, 아빠가 입을 열었다.

"네가 어떻게 우리한테 이럴 수 있어? 널 위해 그 많은 희생을 했는데."

아빠가 이렇게까지 속상해 보이는 건 아주 오랜만이었다. 엄마는 며칠 동안이나 운 것 같았다.

거니 선생이 종이 한 장을 들어 보였다. 그 종이에는 이렇게 적혀 있었다.

'학업 실패: 아무 성과도 얻지 못함!'

그것을 본 마일로의 부모는 더욱 비통한 울음을 터뜨렸다.

이곳은 지옥이었다. 끔찍하고 가슴 찢어지는 지옥. 마일로는 두 귀를 막고 온 의지를 다해 이것이 진짜가 아니라는 사실을 되새기려 했다. 이 학교의 짓이다. 이것은 마일로를 무너뜨리려는 이 학교의 필사적인 노력이다.

하지만 헤드셋을 쓰기 전의 기억은 너무나 멀게 느껴지면서 자꾸만 흘러가 버렸다.

그래도 머릿속 깊은 곳에서 마일로는 끈을 놓지 않았다. 그러자 의식 저 밑에서 기억나는 것이 있었다.

'강한 마음, 열린 마음, 질문하는 마음은 가장 무너뜨리기 어렵다.'

마일로는 이 말을 속으로 되풀이했다. 서서히 엄마 아빠의 절박한 울음소리가 차단되기 시작했다.

마일로는 다시금 스스로에게 일렀다.

'이건 진짜가 아냐. 엄마 아빠는 날 사랑해. 눈에 보인다고 해서 다 진짜는 아니야.'

엄마 아빠와 함께 있는 그 순간이 작은 조각들로 나뉘어 사라지더니, 또 한번 역겨운 이미지가 짧은 순간 나타났다. 이번에는 거대한 들쥐들이 죽은 고양이를 마구 먹는 모습이었다. 그리고 다음 순간, 마일로는 강당에 있었다. 그곳에는 수많은 사람들이 있었다. 모든 학생이 졸업장을 받으려고 웃는 얼굴로 줄을 서있었다.

감정을 흔드는 이 생생한 경험이 너무나 현실 같아, 고작 몇 초 전의 기억은 완전히 사라져 버렸다.

아이들이 무대로 올라가 커다란 박수갈채를 받았다.

마일로가 졸업장을 받을 차례가 되었다. 마일로는 신이 나
웃고 있었다. 무대에 한 걸음을 내딛자 모두 고개를 돌려 마일
로를 보았다. 마일로는 무대에 혼자 서서 스포트라이트를 받고
있었다.

"올해 이 학교 역사상 처음으로 완전히 낙제를 한 학생이
나왔습니다. 바로 마일로 몰로니입니다."

고개를 돌려 무대 뒤의 스크린을 보니 마일로의 민망한 사
진들이 띄워져 있었다. 우스꽝스러운 표정을 짓고 있는 마일로,
팬티만 입은 마일로, 화장실에 앉은 마일로, 구토하는 마일로,
아기처럼 우는 마일로.

아래를 내려다본 마일로는 자신이 무대 위에 팬티만 입고
서있다는 사실을 깨달았다. 모두가 웃기 시작했다. 사람들이 이
렇게 떠드는 소리가 들렸다.

"뭐 저런 애가 다 있어!"

"한심하다, 한심해."

"완전 답 없는 놈이네."

엄마 아빠가 우는 모습이 보였다.

마일로는 견디기가 어려웠다. 속이 울렁거리고 토할 것 같
고 어지러웠다. 자신의 가장 지독한 두려움들이 스스로를 괴롭

히는 데 이용되고 있었다. 마일로는 정신없고 혼란스러웠고 자책에 빠졌다. 자신이 너무나 보잘것없게 느껴졌다. 너는 쓸모없는 놈이라고 외치는 거대한 어른들의 우주 속에서, 자신만 벌레처럼 조그맣게 쪼그라든 것 같았다.

하지만 잠재의식 어딘가에서 다시 그 문장이 떠올랐다.

'강한 마음, 열린 마음, 질문하는 마음이 가장 무너뜨리기 어렵다.'

마일로는 이 생각에 의지해 천천히 자신의 진짜 기억을 향해 나아가다. 비밀의 정원과 어설라, 친구들, 그리고 철학을 떠올렸다.

마일로는 스스로에게 말했다.

'이건 진짜가 아니야. 진짜라고 받아들일 필요가 없어. 나는 의문을 품을 수 있어. 스스로 생각할 수 있어.'

마일로는 지금 함께 붙들린 친구들도 자신처럼 할 수 있기를 간절히 바랐다.

눈앞에는 계속해서 새로운 장면들이 나타났다. 역겨운 이미지가 잠깐 끼어들었다가 굴욕스럽고 수치스러운 다음 상황들이 이어졌다. 한번은 미래로 이동했는데 이십 대가 된 마일로가 대학에서 입학을 거부당하고, 취업하려는 모든 곳에서 떨어졌다. 또 다른 가상현실에는 다른 아이들처럼 이 학교의 시스템에 순종하고 시키는 대로 하지 않아 결국 외롭고 가난하게 늙어가는 마일로가 있었다.

마일로는 계속해서 그 경험들을 사실로 받아들이기를 거부했다. 머릿속에서는 문장을 되풀이했다.

'강한 마음, 열린 마음, 질문하는 마음은 가장 무너뜨리기 어렵다.'

그런데 갑자기 눈앞에 보이는 모든 것이 흔들렸다. 정말로 이상한 경험이었다. 마치 현실이 그대로 정지했다가 급격히 빠르게 흘러갔다가, 다시 너무 느리게 흘러가는 것 같았다. 그리고 아무것도 보이지 않게 되었다.

마일로는 깜짝 놀랐고, 짓눌리듯 무겁던 머리가 순간 조금은 가벼워졌다. 마일로의 의식이 아무리 그 가상현실들을 밀어내고 의심해 왔어도 마일로의 모든 감각들은 진짜 현실을 겪는 것처럼 반응해 왔다. 그건 정신적으로 엄청나게 피로한 일이었다. 기계 오류로 모든 것이 멈추자 숨통이 트이는 것 같았다.

그때 다시 가상현실이 시작되었다. 마일로의 실패를 조롱하는 수없이 많은 SNS 메시지들이 보였다.

그러다 또 오류가 생기며 멈췄다. 이번에는 멈춘 시간이 조금 더 길었다.

마일로는 생각했다.

‘뜻대로 되고 있어. 계속 질문하자. 계속 상상하자. 이건 진짜가 아니야.’

그리고 다시 한번 가상현실이 멈추었다. 그리고 또 한 번.

마일로는 점점 더 자신의 실제 환경을 느낄 수 있었다. 부디 다른 아이들도 이런 시스템의 균열을 겪고 있기를 바랐다. 고음으로 웅웅거리는 소리가 들리기 시작했다. 리듀콘이 지금까지 내던 낮고 일정한 소리와는 분명 달랐다. 가까운 곳에서 무언가 갈라지는 듯한 소리, 터지는 듯한 소리가 몇 번씩 들려왔다.

이제 눈앞에 보이는 것은 큼직한 픽셀들로 되어 알아보기 힘든 이미지뿐이었다.

“교장선생님, 시스템에 무리가 오고 있습니다. 망가지고 있습니다!”

마일로의 얼굴에 미소가 번졌고 가슴에는 기운이 차올랐다.

“그게 도대체 무슨 뜻이야?”

교장이 소리쳤다.

웅웅거리는 소리가 더욱 높고 거세졌다.

탕! 화면이 꺼졌다. 가짜 현실이 깨진 것이다.

교장이 한 기술자에게 이를 갈며 말했다.

“당장 이리 와서 기계를 다시 돌려! 아직은 처리 시간이 충분하지 않아. 효과가 다 사라져서 처음부터 다시 해야 하기 전에 빨리!"

마일로와 아이들은 앞을 볼 수 없었지만 들을 수 있었다. 교장의 명령이 떨어졌어도 아무 소리가 나지 않았다.

교장은 고함을 질렀다.

"도대체 뭘 꾸물거리고 있어, 멍청한 놈들아!"

한 기술자는 말했다.

"교장선생님, 내부 처리기가 더는 작동하지 않습니다. 동시에 다수의 영상을 처리하는 것이 무리였던 겁니다. 하지만 더 중요한 건요, 저항력의 수준입니다."

마일로는 기술자의 목소리 어딘가에 안도감이 묻어 있다고 느꼈다.

"무슨 수준?"

"저항력의 수준 말입니다. 권력자가 하는 말을 의문 없이 받아들이려면 저항력의 수준이 낮아야 합니다. 그런데 이 아이들의 저항력 수준이 일반적인 경우보다 훨씬 높습니다. 기계가 버티지 못한 이유 중 하나인 것 같습니다."

"그러니까 이 한심한 멍청이들이 역사상 최고로 발전된 기술을 이겨낼 수 있다는 말인가? 기계를 다시 작동시킬 수 있나, 없나?"

“아마 다시 작동시킬 수는 있겠지만 며칠은 걸릴 겁니다. 이런 경우는 처음 봅니다. 순수한 연구의 관점에서 볼 때 이건 정말로 대단한 일입니다.”

“으아아아아!”

교장이 소리를 질렀다.

“대단하건 말건 나는 관심이 없어. 내가 관심 있는 건 이 아이들을 당장 처리하는 것뿐이야. 최대한 빠르게 기계를 고쳐. 그동안 이놈들은 우리에 가둬. 부모들한테는 특별한 교육과정을 거치고 있다고 말해둘 테니까. 기계만 고치면 다시 처리를 시작한다. 알겠나?”

조용했다. 아무 대답도 들려오지 않았다.

“시키는 대로 하란 말이야!”

“교장선생님, 보는 눈도 많은데 아이들을 가두는 것이 좋은 방법인지 모르겠습니다.”

거니 선생이 조심스럽게 말했다.

“아아, 도덕적으로 옳지 못하다? 고문하고 세뇌하고 파는 건 괜찮고, 못된 녀석들을 며칠 가둬 두는 건 안 괜찮으시다?”

대답이 없었다.

“한마디만 더 반기를 들어 봐. 저놈들하고 같이 우리에 넣어버릴 거니까. 우리한테는 목표가 있어. 그걸 달성하는 데 방해물이 생기면 나는 망한다고!"

마일로는 교장이 자제력을 완전히 잃어버렸다고 느꼈다.

마일로의 눈을 가렸던 헤드셋이 벗겨졌다. 그러자 강렬한 실험실 조명에 눈이 아려와 마일로는 눈을 감았다. 입을 막은 테이프도 떼어졌다. 마일로는 다시 입술에 피가 돌도록 입을 벌리고 움직였다.

마일로의 앞에 서서 표정 없는 눈빛으로 마일로 손목의 띠를 풀고 있는 것은 다름 아닌 오랜 친구 케이티였다.

모범교육생들은 가까이에 있던 커다란 철창 우리로 모든 아이들을 끌고 가서 안으로 밀어 넣고 문을 잠갔다. 그리고 교장과 거니 선생 뒤를 따라 지하 실험실에서 나가면서 불을 끄고 문을 닫았다.

이제 그곳에는 아이들뿐이었다. 실험실 문의 비상구 표지판에서 나오는 푸르고 약한 불빛만이 끔찍한 경험에서 갓 빠져나온 어린 친구들의 얼굴을 희미하게 비추었다.

무엇이 진짜이고,
무엇이 가짜인가

우리는 잠을 자고 있다.
우리의 삶은 꿈이다.
하지만 가끔은 잠에서 깨어
우리가 꿈꾸고 있었다는 것을 깨닫는다.
— 루트비히 비트겐슈타인

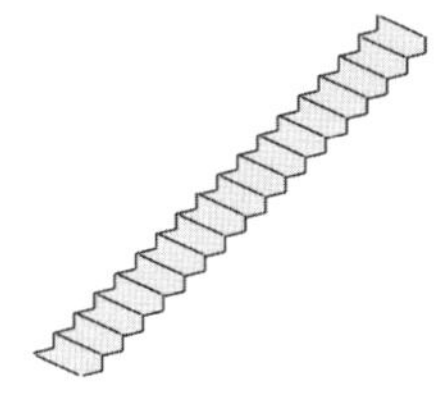

세라 루이스는 마일로를 포옹하고 물었다.

"너 괜찮아?"

"응, 조금 어지러운데 전체적으론 나쁘지 않아. 너는 괜찮아?"

"응, 나도 괜찮아. 아까는 정말 끔찍했어. 내가 너무나 한심하게 느껴지고 쓰레기 같았어."

"알아, 나도 그랬어. 원래 그렇게 만드는 기계야. 사람이 엄청나게 비참한 기분을 느끼도록 만들어서, 그 기분에서 벗어나기 위해서라면 어떤 명령이든 따르게끔 조종하는 거야."

다른 아이들도 마일로와 세라 루이스 주변으로 모였다. 세라 루이스는 마일로에게 물었다.

"우리가 철학 대화를 나눈 게 도움이 되었던 걸까?"

"그랬다고 생각해. 난 수렁으로 빠질 때마다 질문해야 한다는 걸 기억하면서 기어 나왔어."

"나도 그랬어!"

마일로는 다른 아이들을 보며 물었다.

"다들 무사해?"

콘수엘라는 눈을 가느다랗게 뜨고 앞을 보려 애쓰고 있었다. 리엄과 제리는 긴 팔을 머리 위로 높이 뻗어 기지개를 켜고 있었다.

줄리아가 대답했다.

"응, 그냥 좀 정신이 얼얼하고 혼란스러운 정도야."

마일로는 말했다.

"여기서 나가서 교장이 하는 짓을 막아야 해."

그러자 세라 루이스가 말했다.

"마일로, 우린 지금 우리에 갇혀 있어. 아무것도 못 해."

"으으으윽!"

마일로는 철창문을 발로 차기 시작했다. 세라 루이스는 저답게도 자꾸만 스마트워치를 확인하고 만지작거렸다. 그러고는 입을 열었다.

"우릴 여기 영원히 가둬두진 못할 거야, 안 그래? 어설라가 분명 우릴 도와주실 거야. 여기서 나가게 되면 그때 교장을 처

치하자. 이건 너무나 나쁜 짓이야. 이런 짓을 하고도 무사할 수
는 없어.”

“우리가 어떻게 교장을 처치해?”

마일로가 묻자 세라 루이스는 대답했다.

“지금은 그런 걱정 하지 마. 그냥 내 말을 믿어 봐. 나한테
방법이 하나 있거든. 우리가 여기서 나갈 수만 있다면 쓸 수 있
는 방법.”

마일로는 세라 루이스를 보며 싱긋 웃었다. 세라 루이스가
생각해 낸 거라면 그게 무엇이든 좋은 방법일 게 틀림없다.

아이들은 다 같이 철창을 밀고 당기고 걷어차고 고래고래 소
리도 질렀다. 하지만 아무 소용 없었다. 꼼짝없이 갇힌 신세였다.

결국 한 명 한 명 포기하고 조용해지기 시작했다. 아이들은
진이 빠진 채로 바닥에 늘어져 앉았다.

문득 마일로가 물었다.

“그 가상현실 말이야, 진짜 괴상했지?”

“응, 엄청나게 괴상했어!”

리엄이 대답했다.

“너무 진짜 같았어.”

콘수엘라가 힘없는 소리로 대답했고 세라 루이스도 말했다.

“맞아. 현실이 아니라고 믿기가 어려웠어.”

마일로가 물었다.

"만약 우리가 아직도 가상현실 속에 있다면 어떡하지?"

줄리아는 반문했다.

"무슨 소리야? 가상현실은 깨졌잖아. 안 그래?"

"그렇지. 그래도 생각해 봐. 만약 가상현실이 깨졌던 것조차도 다 가상현실이라면……."

콘수엘라가 마일로에게 대꾸했다.

"그만해, 마일로. 무섭잖아. 넌 정말 그렇게 생각해?"

"글쎄. 뭐가 진짜고 뭐가 진짜가 아닌지 알 방법이 있을까?"

제리　뭐가 진짜고 뭐가 진짜가 아닌지 어떻게 아냐고? 꼭 어설라가 하실 것 같은 질문이다.

세라 루이스　우리가 지금 여기에 앉아서 이야기하고 있다는 건 확실하잖아. 철창문이 보이는 것도, 내가 학교 안에 있다는 것도, 교장이 방금 여기서 나갔다는 것도 다.

마일로　그런 게 다 진짜라는 걸 넌 어떻게 확실히 알 수 있어?

세라 루이스　내 눈에 네가 보이니까 알지. 네 목소리가 들리니까. 내 발밑의 땅이 만져지니까. 너무 확실하잖아.

마일로　그렇지만 아까 헤드셋 쓰고 겪었던 것들도 진짜처럼 느껴지지 않았어? 이 모든 게 정말로 진짜라는 걸 완전히 확신할 수 있어?

콘수엘라　응, 난 확신할 수 있어. 지금은 그때랑 달라.

마일로　어떻게 달라?

콘수엘라　지금은 헤드셋도 쓰고 있지 않고, 묶여 있지도 않고, 모든 게 앞뒤가 맞아. 그냥, 현실인 걸 알겠어.

마일로　그러니까 너는 네 감각을 믿는다는 거네. 네 눈, 네 몸, 네 귀가 너한테 주는 정보가 정확하고 믿을 만하다는 거지?

콘수엘라　응, 그렇게 생각해.

마일로　그런데 그런 감각들이 너를 착각하게 만든 적은 없어?

콘수엘라　있어. 내가 무언가를 보고 '이것'이다 생각했는데, 알고 보니까 '이것'이 아닌 때가 있었지. 하지만 그런 것조차도 내 감각으로 알아내는 거잖아.

마일로　의자나 탁자 같은 것도 사실은 진동하는 원자의 집합일 뿐이라고 과학 시간에 배웠잖아. 현미경으로 보면 모든 게 완전히 다르게 보인다고 말이야. 그리고 개들은 사람이 못 듣는 소리까지 들을 수 있고, 새나 벌은 사람이 못 보는 것까지 볼 수 있잖아. 그런데도 우리한테 보이는 게 다 현실 그대로일까? 우리는 그냥 우리 감각의 능력이 되는 데까지만 아는 거 아닐까?

콘수엘라   음, 나도 모르겠다.

마일로   이게 다 사실은 꿈이라면? 사실은 우리가 그냥 침대에서 자고 있는 거라면?

제리   정말?

리엄   그게 가능해?

세라 루이스   아주아주 길고 현실 같은 꿈이라면 불가능한 건 아니지. 하지만 그래도 꿈인 것 같지 않아. 현실 같아.

마일로   어떻게 그걸 구분해?

세라 루이스   설명하기는 힘들지만 꿈은 굉장히 이상하잖아. 가끔은 내가 날 수 있기도 하고, 이가 빠질 때도 있어. 깨어 있을 때는 절대 일어나지 않을 일이 꿈에선 일어나잖아. 그리고 제일 다른 건 꿈에서는 꼭 깨어난다는 거야. 현실에서는 절대 깨어나지 않는데.

마일로   현실에서 아직 안 깨어난 것일 수도 있잖아.

제리   아!

리엄   예리한데!

줄리아   그러니까 현실이란 언젠가 깨어날 수 있는 긴 꿈일지도 모른다?

마일로   꼭 아니라는 법도 없어.

콘수엘라   만약 그렇다면 우리가 여기서 이야기하고 있는 걸 내가 모르진 않잖아. 그저 좀 다른 공간에서 이야기를 하고 있는 것뿐이고. 우린 꿈속에서 자고 일어나기도 하고 꿈속에서 꿈꾸기도 하는 아주 긴 꿈을 계속 꾸고 있는 거지. 지금 이 순간이 진짜인 건 마찬가지야.

마일로　음, 재미있네. 그러니까 설사 이게 꿈이라고 해도 여전히 진짜다?

콘수엘라　응, 그냥 '다른 종류'의 진짜일 뿐이지.

마일로　좋아. 그렇다면 이게 다 시뮬레이션이라면? 사실은 우리 몸이 기계에 연결되어 있고, 우린 이 순간을 경험한다고 생각하지만 사실은 다 환상이라면? 절대로 꺼지지 않는 거대하고 강력한 리듀콘 같은 것이 만들어내는 환상 말이야.

줄리아　으으, 만약 그게 사실이라면 그 무엇도 진짜라고 확신할 수 없을 것 같아. 넌 그런 것 같아?

마일로　아냐. 다만 그럴 가능성도 있다는 거지.

줄리아　무슨 말이야, 그게?

마일로　우리가 지금 겪는 현실이, 우리의 우주가, 다 시뮬레이션일 수도 있지 않을까? 우리보다 더 지능이 높고 진화된 존재들이 만들어낸 시뮬레이션 말이야.

제리　그럴 리가. 어떻게 그럴 수가 있어!

마일로　뭐, 우리의 우주가 어떻게 생겨났는지에 대한 아주 정확한

답은 아직 없잖아. 안 그래?

제리   빅뱅이론 있잖아. 수업 시간에 배웠잖아. 아주 작고 작은 점이 있었는데, 어느 날 그게 커져서 이 모든 공간이랑 시간이랑 우리가 보는 모든 게 만들어졌다고.

마일로   그렇지. 그래도 그 이론이 모든 답을 주진 않아. 그 작고 작은 점은 어디서 왔지? 왜 커졌지? 그런 것에도 답이 있을까?

제리   신이 만든 건 아닐까? 신이 우주를 만들어냈다고 믿는 사람들도 있잖아.

마일로   좋아, 그렇다면 그 신은 도대체 어떻게 생겨났는데? 누가 신을 만들었는데?

제리   신은 늘 있었겠지.

마일로   그럴 수도 있긴 하지. 하지만 그럴 가능성은 좀 낮지 않아? 과거에서부터 늘 있었기 때문에 처음 생겨난 순간도 없었다? 글쎄, 어떤 존재든 처음 생겨난 순간은 있는 거 아닐까?

콘수엘라   흠, 뭐든 처음은 있지. 그래도 원래부터 계속 있었던 것들도 있지 않을까? 그렇지 않다면, 그러니까 신이나 빅뱅 같은 것도 꼭 '그 이전의 무언가' 때문에 생겨났다고 한다면, '그 이전의 무언가'도 다른 무언가 때문에 생겨난 거고, 다른 무언가도 또 마찬가지고, 끝이 없잖아.

마일로 맞아. 꼬리에 꼬리를 물고 끝없이 과거로 거슬러 올라가는 건 좀 이상하지. 원인 없이 그냥 생겨나는 것도 있을 것 같긴 해.

세라 루이스 어떻게 무언가가 아무런 원인 없이 그냥 생겨날 수가 있어? 그건 우주의 기본 법칙 같은 것에 어긋나지 않아?

마일로 아마도. 하지만 신이나 우주가 원래부터 있었다고 가정한다면, 다른 것도 원인 없이 그냥 생겨났다고 가정할 수 있는 거 아니야? 믿기 어렵긴 마찬가지잖아.

리엄 이상해. 아무리 그래도 이 현실이 시뮬레이션일 수도 있다고? 정말?

마일로 아니라는 법 있어? 우리도 컴퓨터게임이나 가상현실에서 시뮬레이션을 만들잖아. 이대로 한 수천 년쯤 흐르면 시뮬레이션 기술도 엄청나게 발전해서 거의 현실과 다름없어질 수도 있어. 그런데 그런 일이 이미 아주아주 오래전에 일어났다고 생각해 봐. 우리의 우주가 정확히 어떻게 생겨났는지 확실히 알 수 없는 걸 보면, 어쩌면 이 우주는 엄청나게 지능이 발달한 어떤 종족이나 다른 인류가 만든 시뮬레이션일 수도 있지.

콘수엘라 만일 그게 사실이라면 우리의 현실이나 역사, 인생, 이런 것도 다 진짜가 아니라는 뜻이 되나?

마일로　음, 그런 뜻은 아니라고 생각해. 어쨌거나 우리한테는 여전히 진짜 경험이야. 그냥 어디에서 왔는지 모를 뿐이지.

그렇게 이야기는 이어졌다. 세계에서 가장 훌륭하다는 학교의 어두컴컴한 지하에 갇혀 철학이란 무엇이고 현실이란 무엇인가를 논하며, 아이들은 자신들에게 닥칠 다음 일을 기다렸다.

세상을 향해
외치자!

한 사람이 할 수 있는
가장 혁명적인 일은 언제나
지금 일어나고 있는 일을 큰 소리로
세상에 알리는 것이다.
— 로자 룩셈부르크

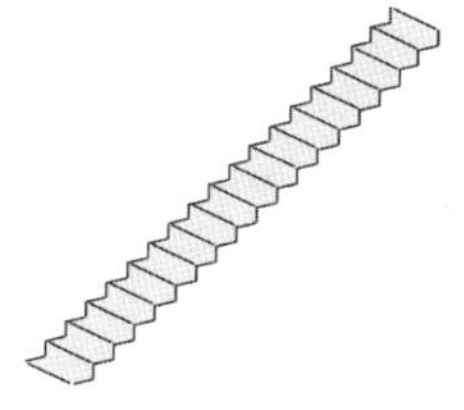

“마일로, 마일로, 일어나 봐!”

“어?”

“누가 문 앞에 와 있어.”

세라 루이스의 속삭임에 마일로는 눈을 떴다. 과연 문 쪽에서 인기척이 들렸다.

“교장이 우리를 마저 처리하려는 거면 어떡하지?”

콘수엘라의 말에 마일로는 기지개를 켜고 눈을 비비면서 말했다.

“아니야. 그럴 리 없어. 오늘은 졸업식이잖아. 교장은 바빠서 여기 올 시간이 없어.”

그때 문이 열렸다. 바닥에 빛이 한 줄기 드리웠다. 아이들은 숨을 죽였다.

“거기 아무도 없어?”

확신 없이 머뭇거리는 듯한 목소리였다.

뒤이어 발소리가 났다.

이윽고 어둠에 가려졌던 작은 몸집의 윤곽이 보였다.

“어설라!”

마일로는 벌떡 일어나서 철창을 잡고 소리쳤다.

“너무 늦게 와서 미안하다.”

어설라는 차분한 말투로 말했다.

“알아낼 게 있어서 시간이 걸렸어. 아무튼 거니 선생의 사무실에 몰래 들어가서 열쇠를 훔쳐 왔어.”

“안 들키셨어요?”

세라 루이스가 물었다.

“아직 녹슬지 않은 기술이 좀 있거든. 식은 죽 먹기였어. 다들 졸업식 때문에 정신없어. 저 위는 지금 서커스 같아.”

“대단해요, 어설라! 그런데 저흰 이제 어떡해요?”

마일로의 물음에 어설라는 대답했다.

“우선은 이 끔찍한 우리에서 너희를 좀 꺼내자.”

어설라가 카드식 열쇠를 문에 가져다 댔다. 삐 소리와 함께 문이 열렸고, 아이들은 한 명 한 명 밖으로 나왔다.

“감사합니다, 어설라!”

"우리의 영웅이세요."

모두가 모여 서서 팔다리를 뻗어 기지개했다.

"이제 어떡하지?"

누군가가 묻자 마일로가 대답했다.

"교장이 하는 일을 막아야지."

어설라는 물었다.

"그렇지만 어떻게 할 수 있을까, 얘들아? 아무도 우리 말을 믿지 않을 거야. 교장이 학부모, 정치인, 그리고 아마도 경찰까지 치밀하게 구워삶아 놓은 것 같아."

잠시 모두가 말이 없었다.

그때 세라 루이스가 목소리를 냈다.

"저한테 계획이 있어요. 우선 여기서 나가요. 그리고 마일로, 네 도움이 필요해. 너희들, 그리고 어설라의 도움도요. 강당에 가서 최대한 졸업식을 질질 끌어주세요. 졸업식을 방해해서 시간을 좀 벌어 달라는 거예요. 그동안 저는 할 일이 있어요."

"할 일이 뭔데?"

마일로가 묻자 세라 루이스는 이렇게 대답했다.

"강당 음향 조정실에 가려고."

마일로는 세라 루이스를 가만히 보았다. 세라 루이스가 무슨 생각을 하고 있는지 짐작도 되지 않았다. 하지만 마일로는 세라 루이스를 믿었다.

어설라가 말했다.

"알았다, 세라 루이스. 그렇게 할게. 자, 날 따라와."

어설라는 아이들을 실험실에서 이끌고 나왔다. 앞서가서 통로에 아무도 없는지를 확인한 어설라의 뒤를 따라 아이들은 쏜살같이 엘리베이터를 타고 지상으로 올라갔다. 적막한 복도에서 엘리베이터 문이 열렸다.

어설라와 아이들은 복도 모퉁이마다 조심스럽게 돌며 강당으로 나아갔다. 이따금 나타난 드론은 아이들을 감지하지 못하고 웅웅거리며 지나갔다. 마일로는 이렇게 생각했다.

'이 학교 첨단 기기조차 오늘은 졸업식 때문에 정신없나 보네.'

가다 보니 학교 바깥에 윤기 나는 까맣고 커다란 차들이 줄줄이 대기하고 있는 모습이 보였다. 그중 몇몇 차는 앞에 조그만 깃발을 달고 있었다. 다른 나라의 수상과 사절이 타고 온 차인 모양이었다. 그리고 커다란 방송국 마크에 위성 전파 안테나를 단 뉴스 방송국의 승합차와 트럭들이 깨끗한 잔디밭에 줄지어 서있었다. 학교 정문에서 큰길까지는 레드카펫이 길게 깔려 있었다. 모든 것이 완벽하기 그지없어 보였다.

강당에 가까워지자 안에서 쿵쿵거리는 음악 소리가 들려

왔다. 누군가가 마이크를 잡고 사람들에게 안내 방송을 하고 있었다.

세라 루이스가 말했다.

"자, 이제 갈라져야겠다. 최대한 시간을 벌어줘. 알겠지? 나머지는 내가 알아서 할게. 줄리, 넌 나랑 같이 갈래?"

리엄이 나섰다.

"나도 갈게."

"그럼 나머지 모두에게 부탁할게. 강당에서 졸업식을 방해해서 시간 끌기. 5분쯤. 아니 최대한 더 길게 끌어줘."

그리하여 어설라와 마일로, 제리, 그리고 콘수엘라는 조용히 강당에 들어섰다.

교장이 그럴 듯하게 듣기 좋은 말투로 말하고 있었다.

"이곳을 찾아주신 귀빈들께 특별히 감사 인사를 드리고 싶습니다. 기쁘게도 중국, 일본, 미국, 오스트레일리아, 남아프리카의 교육부 장관들께서 찾아주셨고, 영국, 프랑스, 러시아, 브라질의 기업가들께서도 자리를 빛내주셨으며, 우리 아일랜드의 수상께서도 자리해 주셨습니다. 오늘, 저희는 하나의 바람을 품어봅니다. 세상에 존재했던 학교 가운데 가장 훌륭한 학교가 되어 새 역사를 쓰고 싶다는 바람 말입니다."

관중석에서 기립 박수가 터져 나왔다. 카메라맨들은 이 분위기를 담기 위해 카메라를 무대에서 강당 전체로 돌렸다. 고위 인사들과 간부들이 서로 귓속말을 속삭이고 등을 토닥여 주었다. 온 세상이 지켜보고 있고 모두가 이곳에 주목하고 있는 것 같았다.

교장이 부드럽게 두 손을 들었다.

"특별한 손님을 한 분 모시겠습니다. 저의 가까운 친구이기도 한 스타이플사의 대표, 퍼넬러피 클로드피스트 씨를 소개합니다!"

안경을 쓴 작고 둥글둥글한 여성이 자리에서 일어나 따뜻한 박수를 받은 후 마이크에 대고 이야기를 했다. 마일로는 그 여자도 케이티가 리듀콘으로 처리될 때 그곳에 있었던 사람임을 알아챘다. 그는 청중들에게 번지르르한 말들을 늘어놓고는 이렇게 말했다.

"마지막으로 또 한 번 드리고 싶은 말씀이 있습니다. 교육의 천재이신 이 학교의 교장, 퍼멀크러시 박사가 아니었다면 이 모든 일이 불가능했으리라는 것입니다."

다시 박수가 터져 나왔다. 교장은 '저요?' 하고 묻는 듯 순진한 표정을 지으며, 세상에 다시없는 성자처럼 무대로 나왔다.

스타이플사 대표는 이어 말했다.

"퍼멀크러시 교장선생님, 영광스럽게도 제가 직접 교장선생님께 알려드릴 것이 있습니다. 바로 '평생직장 보장학교'가 공식적으로 가장 뛰어난 교육성과를 내는 학교로 선정되었다는 소식입니다. 다시 말해, 세계 일등 학교가 되었습니다!"

교장은 두 손으로 얼굴을 감싸고 허리를 숙여, 진심으로 깜짝 놀란 겸손한 사람을 연기했고, 관중은 큰 함성을 질렀다. 색색의 장식용 띠와 색종이 조각들이 천장에서 내려왔고, 시끄러운 축하 음악도 터져 나왔다.

"마일로, 지금이야!"

어설라가 이렇게 속삭이고는 무대 가까이로 내려가기 시작했다.

마일로는 어설라가 기대하는 행동이 무엇인지 알 수 없었지만 뒤를 따라갔다. 세라 루이스가 부탁한 대로 사람들의 주의를 끌어 졸업식 진행을 늦추어야 했다. 그럴 방법을 생각해 내야 했다.

박수가 잦아들었을 때쯤 어설라가 소리쳤다.

"여러분! 제 말 좀 들어주세요!"

객석의 사람들이 무대 바로 밑에 선 작은 여인, 어설라를 발견하기까지는 시간이 조금 걸렸다. 하지만 모두가 서서히 소리를 죽였다.

"여러분이 아셔야 할 게 있습니다."

무대에 줄지어 놓인 마이크 덕분에 어설라의 목소리가 크게 울려 이제 외칠 필요가 없었다.

어설라의 뒤에 선 마일로는 교장이 가까스로 화를 참는 것을 눈치챘다. 교장은 모범교육생들에게 고갯짓을 했고, 강당 양옆에 의장대처럼 줄지어 서있던 그들은 당장이라도 움직일 태세를 했다.

"이 사람은……."

어설라가 교장을 가리키며 떨리는 목소리로 말을 이었다.

"이 사람은 여러분의 아이들을 교육한 게 아닙니다. 고문하고 세뇌한 것입니다! 오로지 명령을 따를 줄밖에는 모르는, 생기 없는 로봇 같은 아이들로 수없이 탈바꿈시켜 온 겁니다. 게다가 그 아이들을 노예 일꾼으로 팔아왔습니다, 스타이플사를 포함한 기업들에요!"

강당은 조용했다.

어설라는 혼란스러운 표정을 한 청중들을 둘러보았다. 그들은 마치 길을 떠돌아다니다 강당으로 들어온 미치광이 여인을 보듯 어설라를 쳐다보고 있었다. 그제야 마일로는 자신과 어설라의 모습이 지금 얼마나 엉망인지를 자각했다. 어설라는 언제나 차림새가 말끔했지만 힘든 24시간을 보내고 난 지금은 머리카락이 마구 헝클어져 있고 옷에는 군데군데 얼룩이 있었다. 마일로는 지저분하고 구중중하기 그지없었다.

"도대체 누구야?"

가까이에 있는 한 학부모가 속삭였다.

"너무 당황스럽다."

다른 사람이 말했다.

"이거 무슨 깜짝쇼야?"

또 다른 이가 말했다.

여기저기에서 소리 죽여 키득거렸고 먼 객석에서는 누가 이렇게 외쳤다.

"어서 나가요, 이 미친 양반아! 졸업식 다 망치고 있잖아요!"

"자, 여러분, 부디 아량을 베풀었으면 합니다."

이렇게 말한 사람은 바로 교장이었다. 그는 앞으로 나서서 부드러운 목소리로 이어 말했다.

"이 가엾고 애처로운 여자분은 심각한 정신적 문제를 겪고 있는 것 같네요."

교장은 장내의 분위기를 읽었다. 교장의 고갯짓을 받은 한 모범교육생이 아일랜드 수상의 경호원들과 함께 어설라에게로 다가갔다.

"물러서세요!"

마일로가 다급히 어설라의 앞을 막아서며 소리쳤다.

"이분은 사실을 말하고 있는 거예요. 제가 여기 학생이라고요. 교장선생님이 저랑 다른 애들을 세뇌하려고 지하 우리에 가두었어요! 조금 전까지 갇혀 있었다고요!"

그러자 교장이 다시 한번 관객의 주목을 받으며 말했다.

"아, 이런. 우리 학교에서 아주 드문 문제 학생 중 한 명이네요. 참으로 애석하지만, 세계 일등 학교인 우리 학교에도 해결해야 하는 작은 문제들은 있답니다!"

사람들이 조금 웃으며 긴장을 풀었다.

그때 교장이 냉랭한 목소리로 말했다.

"오늘의 소란은 여기까지였으면 좋겠네요. 이 두 사람을 밖으로 에스코트해서 필요한 도움을 받을 수 있도록 도와주세요."

그런데 둘이 끌려 나가기 전, 교장이 이렇게 덧붙였다.

"물론 방금 한 아주 이상한 주장들에 증거가 있다면 말씀하셔도 됩니다."

"아, 그건…… 좀 기다려 보시면 알 거예요."

마일로가 더듬더듬 말했다. 어설라는 객석을 향해 이렇게 간청했다.

"제발 저희 말을 좀 믿어주세요, 여러분."

교장은 말했다.

"아이고, 이런."

"아니, 그게…… 여러분 조금만……."

마일로는 말을 맺지 못하고 어설라에게 속삭였다.

"세라 루이스는 도대체 뭐 하는 거죠?"

교장은 모범교육생과 경호원들에게 다시 손짓하며 말했다.

"데리고 나가주십시오."

"안 돼요, 잠깐만요. 저희 말은 사실이에요!"

마일로는 끌려 나가면서 객석을 향해 외쳤다.

"교장선생님이 제 친구 케이티를 딴사람으로 만들었어요. 좀비처럼 변하게 했다고요. 그렇게 만드는 기계가 있어요. 가상 현실 기계요."

소리 죽여 웃는 소리가 객석에 퍼졌다. 사람들은 휴대전화를 꺼내서 마일로와 어설라를 촬영하기 시작했다. 마일로는 뉴스의 제목이 벌써 상상되었다. '미치광이와 문제아가 역사적인 졸업식을 방해해…….'

마일로는 고개를 떨어뜨리고 포기했다.

어설라도 항변하기를 멈추었다.

마일로와 어설라가 강당을 나가는 문에 다다랐을 때였다. 강당 스피커에서 따닥따닥 하는 커다란 잡음이 들렸다. 마치 이어폰 잭을 만지작거리는 소리가 스피커로 나오는 것 같았다.

마일로는 모범교육생이 잡은 팔을 떨치고 어설라를 돌아보았다.

뚜렷하지 않아서 알아듣기 힘든 목소리와 기계 소리가 들려왔다.

"화면을 보세요!"

마일로가 소리쳤다.

조금 전까지만 해도 무대 위 화면에서는 이 학교의 빛나는 성취들이 되풀이해서 나오고 있었다. 그런데 지금은 어느 실험실을 비추고 있었다. 실험실에 서있는 사람은 퍼멀크러시 교장이었다. 그리고 다음과 같은 목소리가 그 영상에서 흘러나왔다.

"버릇없는 놈들 여섯 명을 데려왔다. 이 학교에 대항하는 악랄한 죄를 저지른 녀석들이야. 당장 여기서 끌어내 내 뜻대로 해결하고 싶지만, 요즘에는 그렇게 할 수 없지. 그러니까 차선의 방법대로 한다. 성격을 없애고 의지를 파괴해서 복종하는 학생으로 바꾼다."

"어떻게 진행하고 싶으십니까?"

"애초에 리듀콘이 한 번에 여러 학생을 처리할 수 있게 하는 게 목표였지. 이번에 이 기계의 처리 능력을 시험해 보지.”

“교장선생님, 그건 좋은 생각이 아닌 것 같습니다. 이 기계는 아직도 실험 단계에 있습니다. 한 번에 한 명 이상은 시도해 본 적이 없습니다.”

“조용히 해! 우물쭈물할 시간이 어디 있나. 이제 곧 온 세상의 눈이 이 학교를 향할 테고 모든 게 완벽해야 하는데. 어서 헤드셋을 가져와!”

객석은 충격 속에 고요해졌다.
교장은 영상에서 나오는 소리를 제 목소리로 덮으며 말했다.
“자, 여러분, 이건 분명히 누가 절 모함하려고 정교하게 꾸며낸 겁니다.”
하지만 사람들은 영상의 소리를 듣기 위해 교장을 조용히 시켰다.
마일로는 어설라에게 말했다.
“세라 루이스는 천재예요! 어쩐지 계속 스마트워치를 만지작거리더니 이것 때문이었어요!”
어설라도 놀라고 기쁜 얼굴로 말했다.

"녹화를 해두다니! 이 학교의 기술을 이 학교에 대항하는 데 썼어, 대단한 녀석!"

교장은 또 다른 모범교육생들에게 무언가를 속삭였다. 그러자 모범교육생들이 무대에서 뛰어 내려갔다. 하지만 교장이 무대에서 달아나려는 순간 영상에서 이런 말이 흘러나왔다.

"문제가 바로 학생들이라는 것을 깨달은 천재가 바로 나야. 그놈들의 의지를 짓밟아 없애야 한다는 것을 알아낸 것도 나야. 그놈들을 팔아서 이윤을 낸다는 생각을 한 것도 나야. 완벽한 노예 일꾼들을 만들어내는 완벽한 시스템을 개발한 것이 나란 말이야. 그런데 감히 내 말에 반기를 들어?"

마일로는 객석에 앉은 사람들의 낯빛이 아주 어두워지는 것을 보았다.

부모들은 자녀들을 품에 꼭 안았다. 기자들은 바쁘게 움직이며 전화 통화를 했다. 카메라맨들은 지금 자신들이 생방송으로 포착해 전 세계로 보내고 있는 내용을 믿기 어려워했다.

마일로는 생각했다.

'역사의 한 페이지 맞네. 모두가 예상했던 내용으로 적히고 있지는 않지만.'

강당 안은 무질서하고 혼란스러워졌다. 부모들은 소리치기 시작했다.

"저 괴물이 내 아이들을 건드리지 못하게 해!"

"어쩐지 학교가 좋아도 너무 좋다 했어."

"경찰 부를 거야."

스타이플사의 대표와 아일랜드 수상, 세계 각국의 교육부 장관 등 귀빈으로 온 사람들은 어색한 인터뷰를 하지 않아도 되기를 바라며 서둘러 그곳을 빠져나갔다. 하지만 이미 때는 늦었다. 진실이 드러났고, 후폭풍은 피할 수 없었다.

교장이 빠져나갈 길을 찾아서 절박하게 왔다 갔다 하는 동안, 성난 사람들은 계속 소리쳤다. 마일로는 교장에게서 처음으로 헤드라이트 불빛 앞에 선 겁먹은 토끼처럼 길을 잃은 표정을 보았다.

그리고 교장과 눈이 마주쳤다. 다시 두 눈이 혐오로 물든 교장은 갑자기 무대에서 뛰어내리더니 주머니에서 전기 체벌봉을 꺼내 마일로에게 돌진했다. 뼈마디가 도드라진 한 손으로는 허공을 움켜쥐고, 다른 손으로는 전기가 지지직거리는 체벌봉을 마일로에게 뻗었다. 눈이 뒤집히도록 분노하는 사이코패스의 표정으로 말이다.

하지만 교장이 마일로를 붙잡으려 하는 순간, 제리와 콘수엘라가 동시에 몸을 던져 교장을 바닥으로 쓰러뜨렸다. 그리고 근처에 서있던 몸집이 거대한 두 경호원이 재빠르게 다가와 교장을 제압했다.

바로 그때 무대 뒤에서 두 명의 모범교육생이 나타났다. 그리고 세라 루이스가 그들에게 붙들려 버둥거리고 있었다.

"세라 루이스를 놔줘! 다 끝났어. 놔주라고!"

마일로는 소리쳤다. 그런데 그들이 세라 루이스를 놓아준 것은 자신들의 통제자가 바닥에 쓰러져 있는 것을 발견했기 때문이었다. 교장의 곁으로 달려가 어찌할 줄을 모르고 당황스러워하는 그들을 보며, 마일로는 안쓰러운 기분이 들었다. 스스로 생각하기를 멈춘 채 수년을 지내다 보니 예상을 벗어난 상황에 대처할 능력이 없는 것이었다. 바닥에 무릎을 꿇은 모범교육생들은 사람들의 고함과 혼돈을 차단하듯 두 손으로 귀를 막았다.

마일로는 세라 루이스를 꼭 안아주고 말했다.

"너 정말 대단해. 그 틈에 어떻게 녹화할 생각을 했어! 그리고 늦지 않게 영상을 틀어서 정말 다행이었어!"

세라 루이스도 마일로를 안아주었다.

"마일로, 이제 내가 바라는 건 케이티를 원래대로 돌아오게 하는 것뿐이야."

"나도."

이내 경찰이 나타나 사람들의 진술을 듣고 지하 동굴을 수사하고 범인들을 체포했다. 거니 선생과 스타이플사의 대표, 그리고 퍼멀크러시 교장이 가장 먼저 체포되어 경찰차에 탔다.

마일로의 부모도 왔다.

"마일로, 너 괜찮니?"

마일로를 머리끝에서 발끝까지 살핀 엄마는 손가락에 침을 묻혀 마일로의 얼굴에서 먼지를 닦아내려다 그냥 마일로를 안아버렸다.

"여기 일을 보자마자 바로 왔어. 생방송으로 졸업식을 보다가 말이야."

그리고 아빠가 말했다.

"마일로, 우리가 정말 미안하다. 우리가…… 다 너무 잘못했어. 네가 사실을 말했는데 믿지 않았어. 정말, 정말 미안하다."

"뭐, 제가 용서할게요. 대신……."

마일로는 되도록 길게 뜸을 들였다가 덧붙였다.

"이제부터 제 말 잘 들으셔야 해요."

엄마 아빠는 웃었고 다시 마일로를 안았다.

마일로는 어설라가 다가오는 것을 발견했는데, 어설라를

엄마 아빠에게 소개할 틈도 없이 기자들이 마구 몰려왔다.

"어설라 조이, 어떻게 이 학교의 비밀을 알게 됐습니까?"

"얼마나 오래 알고 계셨습니까?"

어설라를 향한 질문들이 빠르게 쏟아졌다.

어설라는 마일로에게 미소를 지었고, 목을 가다듬고 기자들이 조용해질 때까지 기다렸다가 입을 열었다. 이번에는 부드러운 목소리였다.

"공개적으로 한 말씀만 드리겠습니다. 기자 여러분께선 제 말씀을 듣고 나면 여기서 나가주심으로써, 저희가 이 청소년들의 회복을 도울 시간을 주십시오."

소란스럽던 기자들이 조용해졌다.

"이제 우리는 '평생직장 보장학교'가 단 하나의 목적으로 만들어졌다는 것을 알게 되었습니다. 바로 똑똑하고 밝은 학생들을 활기 없는 노예들로 만들려는 목적이었습니다. 우리가 퍼멀크러시 교장을 탓하기는 쉽습니다. 스타이플사를 탓하고 그들을 악마라 부르기도 쉽습니다. 하지만 사실 이 일은 우리 모두의 탓입니다. 부모와 교사, 정치인, 언론, 우리 모두가 이 학교의 성공 신화를 그대로 받아들이기만 했습니다. 학교의 평가 순위가 올라갈 때 환호했습니다. 학교가 아이들에게 무엇을 하고 있는지는 신경 쓰지 않았습니다. 아이들은 우리에게 경고했습니다. 그런데도 아이들 말을 믿지 않았습니다. 아이들 말에 귀 기울이지 않았습니다. 우리는 맹목적으로 크고 힘 있는 학교를 믿었습니다. 이 학교가 무엇을 잘못할 리는 없다고 생각하면서 말입니다. 우리는 스스로 생각하지 못했습니다. 우리는 이곳에서 무슨 일이 일어나고 있는지 질문하지 못했습니다. 그러니 이제 실패를 받아들이고 이렇게 자문해야 합니다. 우리는 왜 아이들을 교육하는가? 어떻게 교육하는가? 그저 높은 순위를 위해서인가? 회사에 들어가 밤낮없이 노예처럼 일하게 하기 위해서인가? 저는 아니라고 하겠습니다. 우리가 아이들을 교육하는 이유는 독립적이고, 상상력이 풍부하고, 호기심이 많고, 공감 능력이 뛰어나고, 창의적이고, 스스로 생각할 줄 아는 사람으로 자라도록 돕기 위해서라고 생각합니다. 아이들은 이윤이라는 틀에 넣고 우리 마음대로 해도 되는 자원이 아닙니다. 그러니 이제 세계 일등 학교는 못 되더라도 아이들이 마음을 여는 법, 주어진 생각에 반문하는 법, 새롭고 더 나은 세상을 상상하는 법을 배우는 학교가 되도록 이곳을 재건해야 합니다. 그럴 수 있도록 이제 그만 나가주십시오."

인터뷰를 마친 어설라는 마일로에게 싱긋 웃어 보였다.

"그럼 전 이만."

모두에게 이렇게 말한 어설라는 품위 있고 우아하게, 고개를 똑바로 들고서 강당에서 나갔다.

를 똑바로 들고서 강당에서 나갔다.

영혼을 없애는 건
쉽지 않다

철학자들은 이 세상을
다양한 방식으로 해석했을 뿐이다.
하지만 중요한 것은
세상을 바꾸는 것이다.

― 카를 마르크스

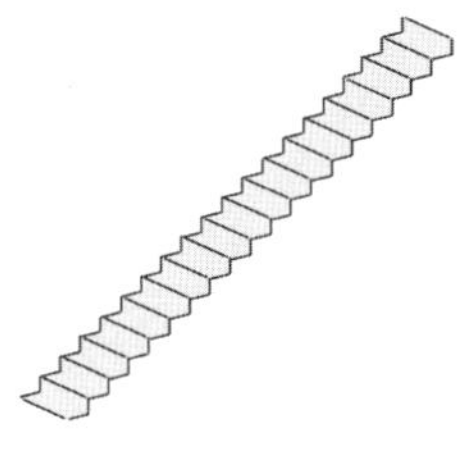

다음 며칠 동안 정신없이 많은 일이 일어났다. 이 사건은 세상을 떠들썩하게 했고 사람들은 충격에 빠졌다. 경찰의 조사 결과, 세계 거의 모든 나라에 이 범죄와 결탁된 기관이 있었다. 아이들을 고문하고 세뇌한 것을 들킨 퍼멀크러시 교장이 전기 체벌봉을 들고 무대에서 뛰어내려 마일로를 공격하려 한 순간은 영상과 사진으로 남아 인터넷과 텔레비전, 모든 신문을 통해 들불처럼 퍼져나갔다.

마일로, 어설라, 세라 루이스를 비롯한 미스터리 철학 저항단은 매체의 주목을 받았다. 모든 기자와 신문사들이 간절히 인터뷰하고 싶어 했고, 큰돈을 줄 테니 단독 인터뷰를 해달라는 요청도 있었다. 하지만 어설라는 거의 모든 요청을 거절했다. 명백하게 사실을 짚어둘 필요가 있는 부분에 관해서는 어설라 자신이 인터뷰에 응했다. 그러나 자신의 어린 친구들에게 언론의 마수가 뻗치는 것은 허락하지 않았다. 설사 '어린 영웅들'이라는 칭호를 붙여주더라도 말이다.

어설라의 그 어린 친구들 역시 매체의 주목이나 명성에 그리 관심이 없었다. 쏟아지는 칭찬이 듣기 싫은 것은 아니었다. 마침내 자신들의 말이 옳았다고 증명된 것이 특히 기뻤다. 하지만 이 아이들에게 정말로 중요한 것은 하나뿐이었다. 폭로의 날 이후로 잠시 정신없기는 했지만 아이들의 마음은 언제나 하나의 생각으로 돌아왔다.

'어떻게 해야 케이티와 다른 아이들을 원래대로 되돌려 놓을 수 있을까?'

케이티와 폴 패트릭을 포함해 세뇌를 당한 모든 아이들은 잠시 병원에서 휴식을 취하게 되었다. 그곳에서 검진도 받았다. 그런데 며칠 후 퇴원을 한다는 소식에 마일로와 어설라는 깜짝 놀랐다. 피검사, 호흡기 검사, 안과와 이비인후과 검사, 체력 검사, 심박수 검사, 혈압검사 등등 모든 검사를 했지만, 신체적으로 완전히 건강하다는 결과가 나온 것이다.

비록 신체적으로는 건강할지라도(매일 먹은 영양죽 덕분이라면 그럴 수도 있을 것이다.), 이 아이들이 진짜 자신이 아니라 껍질만 남은 상태라는 건 누구도 부인할 수 없었다.

마일로와 세라 루이스는 며칠이고 케이티네 집에서 묵으며 장난과 게임을 하고 함께 줄줄이 영화를 보았다. 그렇게 껍질 속 진짜 케이티를 끄집어내려 애써보았다. 하지만 일주일이 지나도 케이티는 변하지 않았다. 몇 번은 한밤중에 잠옷을 입은 채 세상에서 가장 훌륭한 학교 어쩌고를 중얼거리며 학교 쪽으로 걸어가는 케이티를 발견하기도 했다.

마일로와 세라 루이스는 새로운 계획을 생각해 내야 했다. 그래서 어설라를 만났다.

"이제 어쩌죠? 며칠 같이 노력하면 세뇌의 영향도 약해질 줄 알았어요."

"저도 마일로랑 같은 생각이었어요."

어설라는 말했다.

"그래. 참 걱정이야. 하지만 결국엔 될 거라고 믿어보자. 그동안 내가 심리상담사와 정신분석 치료사와 함께 팀을 꾸려 의논을 해왔어. 같이 그 애들을 회복시킬 프로그램을 짜고 있어."

"어떻게 회복을 시키는데요?"

마일로가 물었다.

"그 세뇌 기계가 망가졌을 때 기술자가 저항력 수준이 너무 높다고 말했던 거 기억나지? 이 프로그램은 철학적 대화를 중심으로 할 거고, 매주 심리치료와 상담사들의 도움을 받게 할 거야."

세라 루이스는 말했다.

"케이티가 너무 그리워요. 그리고 너무 죄책감이 들어요. 마일로, 그때 내가 복도에서 먼저 가지 말고 너희랑 같이 있어야 했어."

그러자 마일로는 말했다.

"무슨 소리야. 죄책감을 느껴야 하는 사람이 있다면 그건 나야. 내가 참고 기다리지 못해서, 당장 알아보겠다고 나서서 그렇게 된 거잖아."

"애들아, 우리가 케이티와 폴 패트릭을 비롯해 모든 아이들을 돕고 싶다면……."

어설라는 담담하게 말을 이었다.

"먼저 우리 자신을 도와야 해. 다시 말하면 자신을 용서해야 한다는 뜻이야. 죄책감과 부끄러움은 흘려보내자. 그냥 하는 말이 아니야. 그건 아주 중요한 일이야. 우리 모두 당시에는 최선이라고 생각했던 일을 한 거야. 만일 다른 행동을 했더라면 어떻게 되었을지, 실제로는 전혀 알 수 없어. 우린 지금, 여기에 있잖아. 애들아, 먼저 자기에게 친절한 사람만이 남에게 친절할 수 있어. 내 말 이해가 되니?"

어설라는 두 아이의 눈을 들여다보았다. 그리고 이렇게 덧붙였다.

"이 프로그램에는 너희 도움이 필요해."

"저희 도움이요?"

"필요하고말고. 매일 철학적 대화를 나누는 것이 이 회복 프로그램의 한 부분이야. 거기에 전문 상담사들의 도움까지 받으면, 어렵더라도 결국 이 아이들은 돌아오는 길을 찾을 거야. 나는 믿어. 사람의 영혼을 없애는 건 쉽지 않은 일이거든."

길고 만만찮은 여정이 될 테지만 이들은 친구들을 돕기 위해 도전할 준비가 되어 있었다.

'평생직장 보장학교'는 앞으로 어떻게 해야 할지 논의하는 동안 어설라를 임시 교장으로 임명했다.

그리고 아이들의 미스터리 철학 저항단은 꽤 유명해졌다. 철학적 질문들이 흥미롭다는 이유로, 또다시 이런 비극이 일어나지 않게 막고 싶다는 이유로 많은 사람들이 그 대화에 참여하고 싶어 했다.

그러는 사이에 아이들은 어설라의 정원에서 머무르며 음악을 듣고, 우주와 그 밖의 모든 것들에 대해 이야기를 나누며 퍽 행복한 시간을 보냈다.

스타이플사의 대표와 거니 선생과 존경받는 퍼멀크러시 박사는 재판을 기다리는 동안 사회봉사 명령을 받았다. 여러분은 어쩌면 아일랜드 워터퍼드시의 슈어강 기슭에서 형광 작업복을 입은 그들을 목격할지도 모른다. 냄새나는 하수와 진흙에 무릎까지 빠진 채 쓰레기를 줍는 그들의 모습을 말이다.

소문에 따르면 퍼멀크러시는 아직도 분을 못 참아 고함치기 일쑤이고, 아무 권력도 없으면서 거니 선생과 스타이플사 대표에게 명령을 쏘아대며, 분노 조절을 위한 치료를 받고 있다고 전해진다. 여러분도 알고 있겠지만, 사람의 영혼을 없애기가 쉽지 않듯 습관을 없애기도 쉽지 않기 때문이다.

미스터리 철학 수업

안광복(중동고 철학 교사, 철학박사)

이 책 곳곳에는 철학자들의 깊은 지혜가 담겨 있어요.
다음에 등장하는 철학자들과 함께 이 책을 다시 한번 살펴보세요.
그러고 나면 우리가 살고 있는 이 세계가 달리 보일지도 모르잖아요?

테일러리즘과 '평생직장 보장학교'
누구에게 좋을까?

교육은 효율적이어야 한다?

일자리 구하기도 어렵고 직장 밖으로 내몰리는 경우도 많은 요즘입니다. 이 점에서 '평생직장 보장학교'는 이름부터 강하게 끌립니다. 돈을 많이 벌면서도 인정받는, 게다가 안정적으로 일할 수 있는 '평생직장을 보장하는' 학교라잖아요? 당연히 입학 경쟁도 치열합니다. 주인공 마일로는 이런 좋은 학교에 운 좋게 들어가지요. 학교의 표어를 보니 과연 일터에서 좋아할 만하네요.

> 교육은 효율적이어야 한다.
> 규율, 순응, 희생
> 너희의 잠재력을 끌어내라!—18쪽

규칙을 잘 지키며 말 잘 듣는 데다가 참을성 있고 성실한 사람은 회사에서 환영받기 마련입니다. 학교는 이런 인재를 '효율적'으로 키워낸다고 자신합니다. 이를 위해 학생들에게 두페드⁺시스템과 연결된 스마트워치를 차게 하지요. 하루 24시간 내내 학생이 뭘 하는지 일일이 들여다보며 관리하기 위해서입니다.

프레더릭 테일러[++]와 과학적 관리

평생직장 보장학교는 20세기를 지배했던 테일러리즘이 잘 실현된 곳입니다. 이는 프레더릭 테일러가 주장한 '과학적 관리(scientific management)'를 일컫는 말인데요, 테일러는 가장 짧은 시간 안에 가장 적은 동작으로 일하는 방식을 찾아내서 노동자들에게 그렇게 하라고 지시했지요. 군더더기 없이 움직이니 효율은 무척 높았고, 공장의 생산성 또한 쑥쑥 올라가 많은 이익을 거두었습니다. 하지만 그만큼 작업강도는 무척 높았어요. 관리자는 노동자의 움직임을 일일이 감시하며 관리했습니다. 당연히 불만을 품은 사람들이 많았지요.

테일러는 불퉁거리는 노동자들에게 이렇게 말했다고 해요. "자네는 생각할 필요가 없네. 무엇이 제대로 된 것인지를 고민하는 사람들은 따로 있으니까." 그는 엘리트 사원들을 따로 뽑아 기획실을 꾸렸습니다. 거기서 몇몇이 궁리해서 결정한 대로 노동자들이 일하게 했어요. 테일러의 방식을 따르는 공장은 인기가 높았다고 해요. 작업은 고되었지만 봉급이 높았고 복지수준도 괜찮았으니까요. 사람들은 이 과학적 관리법 즉, 테일러리즘을 이용한 사례로 1910년

+ DUPED, 개인별 디지털 데이터베이스(Digital Unique Personalized Education Database)의 줄임말.
++ Frederick Winslow Taylor, 1856~1915년. 미국의 기계공학자이자 경영학자이다. 그는 노동의 생산성을 높이고 노동자들이 태만할 수 없도록 근무 환경을 바꾸었다. 이로써 생산 비용을 줄이고 노동자들의 임금은 높일 수 있었다. 한편 노동자들이 언제든 교체될 수 있는 존재로서 단순노동을 하게 만들었다는 비판을 받기도 했다.

대에 컨베이어 시스템을 운영한 포드 자동차 공장을 꼽곤 합니다.

누구에게 좋은가?

평생직장 보장학교는 이런 테일러리즘에 딱 맞는 인재를 키우는 곳이에요. 교장은 이렇게 말합니다.

> 복종하는 것을 약한 것이라고 생각하지 마라. 아니다. 그것은 자유로워지는 것이다. 무엇이든 스스로 결정해야 하는 책임에서 자유로워지는 것이다. 이 시스템에 복종함으로써 너희는 많은 것을 얻게 될 것이다.—36~37쪽

프레더릭 테일러의 말과 똑같지요? 하지만 주인공 마일로는 고개를 갸웃합니다. 그는 이렇게 시키는 대로만 해야 하는 '이유'를 알고 싶어 해요. 마일로의 의심에는 "누구에게 좋은가?"라는 테일러리즘을 무너뜨릴 철학적 질문이 담겨 있습니다. 평생직장 보장학교에서 잘 교육받아 규율, 순종, 희생이 몸에 배게 되었다면 누구에게 좋을까요? 회사일까요, 나일까요? 이런 태도를 갖추었다면 당장 취업에는 유리하겠지요. 하지만 '평생' 나에게 좋을까요? 회사가 없으면 무엇을 해야 할지, 삶을 어떻게 꾸려야 할지도 모르는 사람이 되어버리지는 않을까요?

평생직장 보장학교는 규율, 순종, 희생을 강조합니다. 이 모두는 일터에 들어가 삶을 꾸리려면 반드시 갖추어야 할 것들입니다. 그러나 나의 생활은 직장과 일로만 이루어지지 않지요. '나다운 삶'을 가꾸는 데 필요한 가치와 능력은 무엇일까요? 자신이 생각하는 것을 세 가지만 이유와 함께 설명해 보세요.

답변 예시

1. 공감
2. 자신감
3. 설득력

SNS 등을 통해 잘 모르는 사람들과 이야기를 나누는 경우가 많다. 상대의 주장을 공감하며 잘 들어주어야 사이좋게 지낼 수 있다. 또한 자신감이 없다면 다른 사람들을 부러워하며 내 삶이 흔들릴 수 있다. 나아가 사람들과 의견을 나누는 경우가 많은 만큼 공감과 자신감을 바탕으로 내 생각을 설득력 있게 잘 전달하는 능력도 꼭 필요하다.

2 사르트르에게 묻는다면
마일로는 문제아일까, 자유인일까?

인생은 B와 D 사이의 C다

순종적이다.

다루기 쉽다.

차분하다.

능률이 높다.

집중을 잘한다.

믿을 수 있다.—112~113쪽

평생직장 보장학교에서는 학생들이 이런 모습을 갖추도록 가르치지요. 언뜻 보기에는 나쁘지 않습니다. 선생님 말씀 잘 듣고 어른들의 지시에 잘 따르며 차분하게 집중해서 공부하는 친구는 어디서나 인정받으니까요. 하지만 평생직장 보장학교에서 학생들에게 외우라고 시키는 다음의 시는 어떤가요?

나는 나의 마음과 몸과 영혼을 온전히 내맡기기를 원합니다.

모든 것을 아는 전능한 이 시스템에 나의 마음과 몸과 영혼을 내맡깁니다.

그렇게 해야만 우리는 규율을 배울 수 있고,

규율을 통해서만 성공에 이를 수 있기 때문입니다.—44쪽

이렇게 철저하게 시키는 대로 규율을 지키면 성공하게 될까요? 철학자 장 폴 사르트르[+]는 "인생은 B(birth: 탄생)와 D(death: 죽음) 사이의 C(choice: 선택)다."라는 유명한 말을 했어요. 망치나 자동차는 처음부터 망치로, 자동차로 쓰기 위해 만들었지요. 인간은 그렇지 않아요. 무엇이 되게끔 정해져서 태어나는 사람은 아무도 없어요. 자신이 어떤 사람이며 누구여야 하는지를 계속 고민하고, 무엇을 할지 선택하는 가운데 자신을 만들어가지요.

자유도 연습해야 한다

그런데 앞의 시처럼 남들이 정해 놓은 규율을 무조건 따르기만 한다면 어떻게 될까요? 말 잘 듣고 우직하기만 한 사람은 남들이 이용해 먹기도 좋습니다. 그러니 당장은 여기저기서 환영받지요. 하지만 결국 그는 노예 같은 처지에 이를 수도 있어요. 자신에게 해가 되는, 나아가 세상에 해로운 잘못된 명령도 거스를 엄두를 못 내니

[+] Jean-Paul Sartre, 1905~1980년. 프랑스의 작가이자 철학자. 사르트르의 철학을 무신론적 실존주의라고 한다. 이 세상에 인간이 존재하는 데에는 아무 이유가 없으며, 개개인이 스스로 자신의 존재 이유를 만들어가는 것이라고 주장했다. '참여하는 지식인'의 상징으로 남은 그의 철학은 제2차 세계 대전 전후의 시대에 큰 영향을 미쳤다.

까요. 평생직장 보장학교는 학생들을 이렇게 만드는 곳입니다.

학교에서 가장 잘 교육받았다는 모범교육생들을 살펴볼까요? 그들은 교실에서 소란을 일으켜 쫓겨난 마일로를 붙잡으러 나섭니다. 마일로가 난간을 뛰어넘어 달아나자 이내 혼란에 빠져듭니다.

> "하지만 저 난간을 넘는 건 규칙에 어긋나."
> "우리는 저 애를 잡으라는 명령에 따라야 해."
> "무빙워크에서 난간을 잡지 않는 건 규칙에 어긋나."—72쪽

이렇게 결정을 못 내리고 갈팡질팡하지요.

근육은 끊임없이 움직여야 제대로 힘을 씁니다. 자유도 다르지 않아요. 계속 연습하고 훈련해야 자유인답게 결정하고 행동할 수 있답니다. 이 점에서 아픈 친구를 보건실에 보내지 않는 교장선생님에 맞서 목소리를 낸 마일로는 자유인이라 할 만합니다. 그렇지만 이 말에 고개를 갸웃거릴 친구들도 있을 거예요. "학생이 선생님의 지시를 따르지 않다니요? 그건 '반항' 아니에요?"

그렇지만 저항과 반항은 다릅니다. 자유인은 저항할 뿐, 반항하지 않아요. 옳고 바른 지시와 규칙은 잘 따르지만, 그릇된 명령과 규정에는 당당하게 맞선다는 뜻입니다. 노예는 이 둘의 차이를 알지 못해요. 무조건 권위 있는 사람의 말에 고개를 조아릴 뿐이지요. 그렇다면 마일로는 반항을 일삼는 문제아일까요, 옳지 못한 일에 당당하게 맞서는 자유인일까요? 고민해 보시기 바랍니다.

'반항'과 '저항'을 나눌 잣대는 무엇일까요? 구체적인 사례를 들어 이 둘을 나눌 기준을 한 가지만 소개해 보세요.

답변 예시

반항은 남들도 나와 똑같이 지시에 맞설 때 전체에게 손해를 끼친다. 반면, 저항은 남들도 나와 똑같이 지시에 맞서면 전체에게는 이익이 된다. 독재자의 지배를 거슬렀던 4·19 혁명은 저항이었다. 민주주의의 발전을 이끌었기 때문이다. 그러나 멈추라는 경찰의 명령을 무시하고 달아나는 음주 운전자의 행동은 반항이다. 남들도 그와 같이 행동한다면 사회에 엄청나게 해롭기 때문이다.

3 존 스튜어트 밀의 자유
'리듀콘6000'에 맞서는 미스터리 철학 저항단

너는 철학자의 영혼을 가졌어

모범교육생을 피해 도망치던 마일로는 우연히 정원에 다다릅니다. 그곳에서 소중한 사람을 만나는데요, 학교에서 쫓겨난 철학 교사 어설라입니다. 어설라는 평생직장 보장학교에서 문제아로 여기는 마일로를 전혀 다르게 바라보네요.

> 너한테는 아무 문제도 없다, 마일로. (중략) 그건 네가 철학자의 영혼을 가졌기 때문이야. 너는 질문하기를 좋아해. 세상 많은 것들이 왜 그런지를 알고 싶어 해. 그건 좋은 거야. 인류 역사에서 모든 변화와 진보가 바로 그런 마음 때문에 일어난 거니까!—118~119쪽

어설라는 아이들을 노예같이 길들이는 평생직장 보장학교를 바꿀 희망을 마일로에게서 찾습니다. 이 아이는 철학자의 영혼을 갖고 있기 때문이지요. 그렇다면 철학이란 무엇일까요? 어설라의 이야기는 철학자 존 스튜어트 밀[+]의 생각과 맞닿아 있답니다. 밀은 『자유론』이라는 책에서 이렇게 말해요.

인류 전체가 똑같은 생각을 하는 것에 대해 단 한 사람만이 반대
한다고 해보자. 그래도 이 사람의 입을 막아서는 안 된다. 이는 한 사람
이 전체 인류를 억누르는 짓만큼이나 나쁘다.

왜 그럴까요? 발전은 널리 퍼진 당연한 믿음을 깨고 넘어서는
가운데 일어납니다. 인류 역사의 대부분 시대에는 여성을 낮추어
보는 것을 당연하게 여겼어요. 만약 여성 인권을 소리 높여 외치던
분들이 없었어도 남녀 차별이 흐려질 수 있었을까요? 불과 200여
년 전까지만 해도, 세상에는 왕과 노예를 자연스럽게 여기는 사람
들이 훨씬 많았습니다. 만약 온갖 괴롭힘과 짓눌림 속에서도 모든
인간이 평등하다고 외치던 사람들이 없었다면 인류는 지금 어떤
모습일까요?

민주주의와 독재 권력의 차이는?

철학은 세상이 당연하게 받아들이는 상식에 대해 "과연 그래
야 할까?"하고 물음을 던지는 자세를 일컫습니다. 철학자들은 이런
질문을 던지며 세상을 발전으로 이끕니다. 이 책에는 어설라가 던
지는 다양한 철학적 질문들이 등장합니다. "기술은 우리에게 이로

+ John Stuart Mill, 1806~873년. 영국의 경제학자, 철학자, 사회학자. 밀은 현
대적 자유주의를 꽃피웠다. 철학자 벤담과 종종 비교되곤 한다. 벤담은 '최대
다수의 최대 행복'을 골자로 한 양적 공리주의를 주장하였는데, 밀은 다수의 행
복을 위해서 개인이 희생해야 하는 것이 아니라 개인의 권리와 자유가 커질수
록 전체의 행복이 커진다는 질적 공리주의를 주장했다.

울까?”(6장), “지식은 많을수록 좋을까?”(8장), “영원히 사는 게 좋을까?”(12장), “삶의 목적은 행복일까?”(13장) 등등 파고들수록 새로운 생각이 열리는 좋은 철학적 질문들입니다.

민주주의와 독재 권력의 차이는 여기서 분명해지는데요, 민주주의가 뿌리내린 곳에서는 ‘다르게 생각하기’를 바람직하게 여깁니다. 새로운 생각을 여는 물음이 많아야 사회도 발전한다고 믿기 때문이지요. 독재자들은 어떨까요? “왜 이래야 하지요?”라는 물음을 자신의 권위를 흔드는 위협으로 여길 뿐입니다. 그래서 어떻게든 다르게 생각하지 못하게끔 억누르지요. 평생직장 보장학교의 교장처럼 말이에요.

리듀콘6000 대 미스터리 철학 저항단

마일로는 마침내 교장의 음모를 알아냅니다. 그는 학생들을 생각 없는 기계처럼 만드는 것을 넘어, 아예 영혼 없이 명령대로 움직이는 기계로 만들려 합니다. ‘리듀콘6000’이라는 세뇌 기구를 통해서 말입니다. 기구에 묶인 아이는 아주 큰 무서움을 겪고 이를 이겨낼 방법은 교장 말에 무조건 따르는 길밖에 없다고 믿게 됩니다. 여기에 맞서 어설라와 마일로와 친구들은 ‘미스터리 철학 저항단’을 만들어 교장의 음모를 깨뜨리려 해요. 저항단 친구들의 시도가 성공하려면 그들은 어떤 마음 자세를 가져야 할까요?

　톡톡 튀는 친구들끼리는 잘 지내기가 쉽지 않습니다. 서로 자기 색깔과 주장을 앞세우는 탓이지요. 한편, 주변에 맞추어 무난하게 지내는 친구들끼리는 관계가 편안합니다. 그러나 여기서는 남다른 생각과 용감한 시도가 좀처럼 일어나지 못합니다. 서로 눈치를 보기 때문입니다. '미스터리 철학 저항단'은 모두를 말 잘 듣는 기계로 만들려는 학교에 맞서기 위해 '다르게 생각하는 용기'가 필요한 모임입니다. 이들이 남다르게 생각하면서도 사이좋게 힘을 합치려면 어떤 자세가 필요할까요? 필요한 태도를 이야기해 보세요.

답변 예시

　감정을 내려놓고 논리적으로 따져 설득력 높은 주장을 따르는 자세를 갖추어야 합니다.

4 소크라테스의 용기
강한 마음, 질문하는 마음,
열린 마음은 무너뜨리기 어렵다

무엇에 대해서든 질문해야 해!

평생직장 보장학교의 음모를 밝히려는 미스터리 철학 저항단의 노력은 결국 교장에게 들키고 맙니다. 저항단 친구들 모두는 '리듀콘6000'에 묶여버리지요. 이 뛰어난 세뇌 기구는 결국 그들을 말 잘 듣는 아이로 바꾸어버릴 터였어요. 놀랍게도 리듀콘6000은 미스터리 철학 저항단에게 무릎을 꿇습니다. 아이들이 기계에 맞서는 힘이 너무 큰 나머지 고장이 났기 때문입니다. 마일로와 친구들은 어떻게 이런 승리를 거둘 수 있었을까요?

강한 마음, 질문하는 마음, 열린 마음은 가장 무너뜨리기 어렵다.

—251쪽

철학의 고갱이를 품고 있는 이 말 속에 해답이 숨어 있답니다. 마일로는 끌려가는 친구들에게 외칩니다.

무엇에 대해서든 질문할 수 있고, 질문해야 해. 남이 믿으라고 한다고 그냥 믿어서는 안 돼. 스스로 생각해야 해.—248쪽

이런 마일로의 모습에는 소크라테스의 모습이 오롯이 담겨 있습니다.

나는 무엇도 제대로 알지 못한다

소크라테스[+]는 역사상 가장 위대한 철학자로 손꼽힙니다. 그는 자신이 아는 단 한 가지는 "나는 무엇도 제대로 알지 못한다."는 것뿐이라고 말했답니다. 바로 이것이 소크라테스를 철학의 대표자로 만들었어요.

「벌거벗은 임금님」 이야기 아시지요? 동화 속에서 사람들은 왕의 흉한 맨몸을 보면서도, 차마 임금이 벌거벗었다고 이야기하지 못합니다. 오직 철모르는 어린아이만이 당당하게 외치지요. "임금이 벌거벗었대요. 아, 창피해라!" 이 말에 임금님은 당황하지만 끝끝내 아무렇지 않은 척합니다. 아마도 현실이었으면 어린아이가 위험해졌을지도 모르겠어요.

임금의 눈에도 사실 자기가 입었다는 옷이 보이지 않았습니다. 의상을 판 사람에게 속았던 거죠. 주변 사람들은 권위에 눌려 임금이 믿는 대로 임금이 옷을 입었다는 듯이 감탄을 늘어놓았습니다. 세상 물정 모르는 아이가 이런 사정을 헤아릴 리 없지요. 아이는

+ Socrates, 기원전 469~399년. 고대 그리스에서 태어나 서양철학의 큰 틀을 세웠다. 주로 플라톤의 기록으로 그의 철학과 지식이 남아 있다. 그는 사람들의 마음속에 이미 용기, 정의가 있다고 믿었다. 그래서 이를 가르치기보다는 철학적 대화를 하면서 상대가 스스로 자신의 모순과 무지를 깨닫고 옳은 쪽으로 향하도록 유도했다. 이는 '산파술'로도 잘 알려져 있다.

보이는 대로 진실을 외칠 뿐입니다.

이런 상황에서 사람들은 과연 어떻게 할까요? 부끄럽게도 임금이 맨몸뚱이로 나댔음을, 사람들이 이를 모르는 척 연기했음을 인정할까요? 아닐 거예요. 오히려 뭘 모르면 입 다물라며 아이를 윽박질렀겠죠. 여럿이 잘못을 인정하기보다, 진실을 말하는 한 사람 입에 재갈 물리는 편이 수습하기가 더 쉬울 테니까요. 우리 현실에도 이런 광경은 드물지 않습니다.

소크라테스는 동화 속 어린아이와 같았습니다. 자신은 아무것도 제대로 알지 못한다고 생각했기에, 현명하다고 알려진 이들을 찾아다녔어요. 그리고 묻고 또 물었습니다. 질문을 받은 사람들은 당황했어요. 그들을 찾았던 어지간한 사람들은 권위에 눌려 알아들은 척 물러났지만, 소크라테스는 달랐습니다. 자기 머리로 받아들일 수 있을 때까지 계속 꼬치꼬치 따지며 질문을 던졌어요.

사실일까? 이치에 맞는 말일까?

마일로와 친구들도 소크라테스처럼 리듀콘6000에게 질문을 던져댑니다. 이 기계는 가장 비참하고 두려운 상상을 이미지로 떠오르게 해서 아이들이 말을 잘 듣게 길들였는데요, 미스터리 철학 저항단은 호락호락하지 않습니다. "성적이 안 나오면 기계가 보여주듯 우리 부모님이 나를 사랑하지 않으실까?", "잘못된 지시를 따르지 않으면 친구들이 나를 이상한 아이로 볼까?" 등등 끊임없이 의심하며 질문을 던져댔지요.

소크라테스라면 두 가지에만 기대어 판단했을 거예요. "과연 사실일까?", "이치에 맞는 말일까?" 소크라테스는 주변의 평가나 자신에 대한 평판, 미래에 대한 두려움에 휘둘리지 않았습니다. 오직 진실인지 아닌지, 논리적으로 문제가 없는지만 점검했지요. 이렇게 객관적이고 냉철하게 판단하는 자세가 바로 '철학함'이랍니다. 여러분도 철학함을 통해 굳세고 올곧은 마음을 갖추고 싶지 않나요?

　혹시 이해되지 않았지만, 분위기나 권위에 눌려 받아들인 생각이나 믿음은 없나요? 철학자는 마뜩잖게 받아들인 주장에 대해 당당하게 물음을 던집니다. '과연 사실인가?', '이치에 맞는 말인가?', 나아가 '그 주장(생각)대로 한다면 나는 올바르고 행복하게 산다고 할 수 있을까?' 따지고픈 의견이나 믿음을 이야기해 보세요. 그리고 소크라테스와 같은 물음을 던지며 과연 제대로 된 생각이라 할 만한지 점검해 봅시다.

답변 예시

"돈을 많이 벌면 행복할까?"
"좋아하는 친구가 나를 멀리하면 내 삶은 엉망이 될까?"

5 아리스토텔레스가 말하는 습관의 힘
세뇌된 친구들이 영혼을 되찾으려면

아이들은 왜 정상으로 돌아오지 못할까?

미스터리 철학 저항단의 노력은 마침내 교장의 음모를 세상에 드러냅니다. 학교의 성과를 발표하는 졸업식 날, 세라 루이스는 교장이 한 일을 찍은 동영상을 모두가 보게끔 틀어버립니다. 분명한 증거 앞에 충격을 받은 사람들에게 어설라는 이렇게 외칩니다.

우리는 왜 아이들을 교육하는가? 어떻게 교육하는가? 그저 높은 순위를 위해서인가? 회사에 들어가 밤낮없이 노예처럼 일하게 하기 위해서인가? 저는 아니라고 하겠습니다. 우리가 아이들을 교육하는 이유는 독립적이고, 상상력이 풍부하고, 호기심이 많고, 공감 능력이 뛰어나고, 창의적이고, 스스로 생각할 줄 아는 사람으로 자라도록 돕기 위해서라고 생각합니다.—297쪽

상황이 정리된 후, 어설라는 학교의 임시 교장으로 임명됩니다. 그렇지만 평생직장 보장학교에 세뇌된 아이들은 쉽사리 제자리로 돌아오지 못합니다. 왜일까요?

한 마리 제비가 왔다고 봄이 온 것은 아니다

아리스토텔레스[+]는 이 물음에 답을 주는 철학자입니다. 그는 "한 마리 제비가 왔다고 봄이 온 것은 아니다."라고 말합니다. 좋은 것을 안다고 해서 내가 곧바로 훌륭한 사람이 되지는 못해요. 깨달은 지혜에 걸맞게 살려고 꾸준히 노력해야 비로소 좋은 사람으로 거듭나겠지요. 예컨대 다이어트도 지식만으로 되지는 않잖아요? 긴 시간 동안 바른 습관을 실천해야 원하는 건강한 몸을 갖추게 됩니다.

마음을 튼튼하고 올곧게 가꾸는 방법도 다르지 않아요. 평생 직장 보장학교에 잘 길들여진 아이들은 질문하는 법을 잊어버렸습니다. 리듀콘6000으로 세뇌된 아이들은 말할 나위도 없어요. 쓰지 않는 근육은 점점 움츠러들며 약해지듯, 정신도 가꾸지 않으면 능력이 사라지지요. 이를 회복하는 데는 적잖은 시간이 걸릴 터입니다. 어떻게 해야 할까요? 어설라는 비법을 들려줍니다.

그 세뇌 기계가 망가졌을 때 기술자가 저항력 수준이 너무 높다고 말했던 거 기억나지? 이 프로그램은 철학적 대화를 중심으로 할 거고, 매주 심리치료와 상담사들의 도움을 받게 할 거야.

—303~304쪽

+ Aristoteles, 기원전 384~322년. 고대 그리스의 철학자로 소크라테스, 플라톤과 함께 서양철학의 기틀을 세운 인물로 평가받는다. 철학자이면서도 동물, 물리, 생물, 정치 등 다양한 주제로 저술했다. 도덕적인 행동을 습관으로 만들어서 꾸준히 노력함으로써 성품 또한 도덕적으로 만들 수 있다는 그의 철학은 『니코마코스 윤리학』에 잘 드러나 있다.

친구는 나의 작품

아리스토텔레스는 좋은 사람들 속에서 살라고 강조합니다. 불행한 이들 속에서 나 홀로 바람직하고 행복한 인생을 꾸리기란 쉽지 않지요. 마찬가지로 세뇌된 친구들만 가득한 곳에서 제대로 된 마음으로 살기가 쉬웠겠어요? 주변이 온통 건강하고 활기차며 바람직한 마음을 갖춘 이들이 있는 곳이라면 병들고 찌든 기분도 금세 사라집니다. 여러분 주변을 살펴보세요. 내 주변에는 어떤 사람들이 있나요? 그 친구들과 친해질수록 나는 어떻게 바뀌고 있을까요? 점점 바람직한 방향으로 성장하는 것 같나요, 안 좋은 쪽으로 흘러간 듯싶은가요?

아리스토텔레스는 '친구는 나의 작품'이라고도 강조합니다. 내가 어떤 사람이고 어떻게 행동했는지가 친구에게 큰 영향을 미친다는 뜻이에요. 어설라는 이렇게 말합니다.

> 사람의 영혼을 없애는 건 쉽지 않은 일이거든.—305쪽

평생직장 보장학교에서 세뇌된 아이들도 좋은 친구들과 철학적 대화를 나누며 마침내 제대로 된 삶을 살게 될 겁니다. 여러분은 어떠세요? 좋은 친구들과 우정을 나누며 좋은 정신을 가꾸고 있나요?

지금처럼 살면 나는 일 년 뒤 어떤 사람이 될까요? 건강하고 균형 잡힌 정신을 갖추려면 어떤 습관을 갖추어야 할까요? 내 주변에 어떤 친구들이 많아야 할지, 친구들에게 나는 어떤 사람이어야 할지를 생각해 보세요.

답변 예시

나는 게임을 좋아하고 사람들과 대화하기보다는 내 마음을 끄는 유튜브 동영상을 보기를 즐긴다. 이렇게 계속 살다 보면 내가 좋아하는 것만 아는 속 좁은 사람이 될 것 같다. 나는 주변에 OOO 같은 친구가 많았으면 좋겠다. OOO은 친구들과 눈을 마주치며 이야기를 잘 들어준다. 먼저 말을 걸어주고, 마음을 잘 헤아려주어 옆에 있으면 마음이 편안해진다. 나도 친구들에게 OOO 같은 좋은 영향을 끼치는 사람이 되고 싶다. 이를 위해 적어도 하루에 1시간 이상은 도서관에서 내가 알지 못했던 다양한 분야의 책들을 읽고 싶다. 그리고 친구들과 대화하는 시간도 하루 30분 이상으로 늘려야겠다.

아래 질문들은 이 책에 등장하는 철학적인 질문들입니다.
이 질문에 대해 어떤 답을 쓰겠어요?

눈을 감아도 세상은 그대로일까?―13쪽

기술은 우리에게 이로울까?―122쪽

사람에게는 하고 싶은 것은 무엇이든 할 수 있는 자유가 있는가?
―147쪽

지식은 많을수록 좋은가?―149쪽

어떻게 사는 것이 바르게 사는 것인가?
무엇이 진실이고 거짓인지 어떻게 알 수 있을까?
우주가 생겨난 데는 이유가 있을까?
고기를 먹는 것은 옳은가, 그른가?―154쪽

우리는 현실을 정확하게 알 수 있을까? 아니면 보이는 것만 알 수 있을까?
세상은 공평할까? 아니면 힘이 있는 자가 언제나 유리할까?

어떤 사람의 행동은 완전히 그 사람 책임일까? 아니면 어떻게 길러졌느냐에 따른 결과일까?—221쪽

병에 든 액체를 마시면 영원히 살 수 있어. 너희는 마시겠니?
—223쪽

삶의 목적은 행복이다. 이 말에 동의하는 사람?—237쪽

꼭 삶에 목적이 있는 건가? 왜 그런 게 있어야 하지?—241쪽

우리한테 보이는 게 다 현실 그대로일까? 우리는 그냥 우리 감각의 능력이 되는 데까지만 아는 거 아닐까?—271쪽

글쓴이 로버트 그랜트

아일랜드 워터퍼드시에서 태어나, 더블린 트리니티 대학의 대학원에서
철학박사 학위를 받았다. 트리니티 대학과 다른 몇몇 교육기관에서 철학을
가르쳤다. '지역 속의 철학' 모임을 만들고, '철학 아일랜드'의 회원으로서
학교와 교도소, 주민센터 등에서 철학을 가르쳤다. 그는《아이리시 타임스》및
라디오와 텔레비전 등 여러 매체에서 이 소설을 언급한 바 있다.

옮긴이 강나은

사람들의 수만큼, 아니 셀 수 없을 만큼이나 다양한 정답들 가운데 또 하나의
고유한 생각과 이야기를, 노래를 매번 기쁘게 전달할 수 있었으면 좋겠다.
옮긴 책으로『호랑이를 덫에 가두면』,『번개 소녀의 계산 실수』,『소녀는 어떻게
어른이 되는가』,『발칙한 예술가들』등이 있다.

즐거운지식

미스터리 철학 클럽

로버트 그랜트 글 | 강나은 옮김

1판 1쇄 펴냄	2022년 7월 1일
2판 1쇄 찍음	2024년 7월 11일
2판 1쇄 펴냄	2024년 7월 22일

펴낸이 박상희 편집장 전지선 편집 이진규, 송재형 디자인 박연미 펴낸곳 (주)비룡소
출판등록 1994. 3. 17.(제16-849호)

주소 06027 서울시 강남구 도산대로1길 62 강남출판문화센터 4층

전화 02)515-2000 팩스 02)515-2007 홈페이지 www.bir.co.kr

제품명 어린이용 반양장 도서 제조자명 (주)비룡소 제조국명 대한민국 사용연령 3세 이상

ISBN 978-89-491-8739-6 44840
ISBN 978-89-491-9000-6 (세트)

표지 그림 © 불키드

클래식 음악의 괴짜들 2   스티븐 이설리스 글·수전 헬러드 그림/ 고정아 옮김
아침독서 추천 도서

뜨거운 지구촌   정의길 글·임익종 그림
대한출판문화협회 올해의 청소년 도서, 경기도학교도서관사서협의회 추천 도서

아인슈타인의 청소년을 위한 물리학   위르겐 타이히만 글·틸로 크라프 그림/ 전은경 옮김
한국과학창의재단 선정 우수과학도서, 학교도서관저널 추천 도서

미스터리 철학 클럽   로버트 그랜트 글/ 강나은 옮김

하리하라의 과학 24시   이은희 글·김명호 그림
한국과학창의재단 선정 우수과학도서, 어린이도서연구회 권장 도서

하리하라의 과학 배틀   이은희 글·구희 그림

별을 읽는 시간   게르트루데 킬 글/ 김완균 옮김

★ 계속 출간됩니다.